LES BOUFFEURS ANONYMES

MARIE ALINE

LES BOUFFEURS ANONYMES

ROMAN

HarperCollins
TRAVERSÉE

HARPERCOLLINS FRANCE
83-85, boulevard Vincent-Auriol, 75646 PARIS CEDEX 13
Tél. : 01 42 16 63 63

www.harpercollins.fr
ISBN 979-1-0339-1131-9 — ISSN 2724-9972

À Christophe, mon beau-père

Se percevoir comme une nourriture potentielle incite à envisager les interactions avec les plantes et les animaux comme un vaste réseau d'échanges n'impliquant que des alter ego.

Gilles Bouleau,
in *La Cosmologie du futur* d'Alessandro Pignocchi

a

Le Radical a la taille et la forme d'une bouée. Sur un fond rouge sang, deux tranches de pain au maïs, jaune pétard, enserrent un dos de colin cuit vapeur. Une feuille de batavia semble le protéger. Un léger filet d'huile d'olive dessine une veine sur la chair blanche. Je me concentre sur ce sillon solaire, une illumination sur des pétales de poisson nacrés. En exagérant un peu, je pourrais retrouver des sensations de dégustation dignes d'un grand restaurant. Le croustillant du pain doré au gril de la salamandre livre à chaque bouchée une dose infinitésimale de sucre, celui du maïs. L'huile d'olive bien verte, astringente, souligne la finesse du colin alors que la chlorophylle de la batavia, amollie par la chaleur du poisson cuit, s'est adoucie. Trois éléments, à peine assaisonnés : la pureté. N'est pas critique gastronomique qui veut… Et moi, je le suis. Je suis là pour dire aux gens ce qu'ils doivent manger. Je suis un prescripteur, à la solde du gouvernement.

La clim est à fond. Huit degrés à tout casser. Leurs yeux sont braqués sur moi. Je frissonne, nu, sautille d'un pied sur l'autre pour éviter d'être engourdi. On n'est pas dans une chambre froide, mais presque. Le rideau de fer est hermétiquement baissé. Les drones de surveillance ne pourront même pas être informés de ma situation par la hausse des températures corporelles. Ils ont pensé à tout. Eux dont je voulais percer les secrets viennent de percer le mien. Je suis à leur merci. Ils m'encerclent, silencieux. Leurs traits sont tirés, leurs pupilles, réduites à des têtes d'épingle, leur bouche est difforme. Je sue. Une transpiration aigre, senteur pomme verte. Il se pourrait que ça les excite. Un rot me monte à la gorge. Je le retiens pour ne pas les alerter. C'est comme ça quand je suis terrorisé. Je dois me ressaisir, arrêter net cette petite danse ridicule. Campé sur mes deux pieds, je n'arrive pourtant pas à leur faire face. Mes yeux oscillent entre leur visage déformé par l'avidité et le cadre autrefois rassurant de ce fast-food où nous nous sommes tant confié les uns aux autres.

Cette séance sera différente. Je le comprends en croisant un regard. Je ne saurais dire de qui. Leurs dissemblances sont gommées. Là, un mâle. Ses pupilles serrées lui donnent l'air d'un aigle. Il me fixe sans me voir, comme s'il avait accès à quelque chose que j'ignore à l'intérieur de moi. Je vacille. Ils sont six et forment un croissant de lune pâle au-dessus duquel scintille le menu du fast-food. La photo du Radical me sauve. Pas pour longtemps.

Combien de temps suis-je resté inconscient ? Une sensation glaciale me parcourt de la cheville droite jusqu'à la tempe, un engourdissement. Le sol refroidi par la clim me brûle la peau. Je respire avec âpreté. Peut-être que certaines de mes côtes se sont cassées dans la chute. Tomber d'un mètre quatre-vingt-treize, paf, sur le sol, comme ça, sans prévenir, ça peut briser quelques os.

Ils sont encore là, en cercle autour de mon corps inerte ; leur souffle à l'unisson. La pointe de leurs pieds frôle ma carcasse affalée. Je tente de disparaître en me répétant que je ne suis pas là, je ne suis pas là, je ne suis pas là. Ce qui arrive n'arrive pas. Mes yeux sont désespérément clos. Tant que je ne les ouvre pas, je n'existe pas. Je suis ailleurs. Ou alors ici, à Facefood. Mais je ne veux pas être la nuit du mardi 21 septembre. Une douleur vive dans les reins me fait basculer dans un ancien espace-temps.

Il est midi vingt. C'est le printemps. La sonnerie du lycée Paul-Valéry, de l'autre côté du boulevard, vient de retentir ; celle de l'école de boucherie, juste à côté du snack, aussi. Lycéens et apprentis bouchers convergent vers le fast-food. Sous l'enseigne au smiley heureux couleur canari, on lit « Ici, c'est Paris, nos sandwichs sont magiques ». À l'intérieur, en hauteur, les photos de sandwichs grands comme des bouées sur fond rouge sang. Rétro-éclairés, ils sont éclatants. Le menu est varié, allant du döner ou du dürüm à la viande végétale à celui au poisson cuit vapeur ;

des patates à la salade de chou rouge. L'huile de friture capture l'odeur de musc naturel des adolescents affamés. Civiques malgré tout, ils forment une longue file. Derrière le comptoir, un homme d'un mètre soixante s'affaire, cheveux bruns, moustache fine. La douceur de son visage est durcie par la concentration. Il prend les commandes par lots, se retourne et prépare six ou sept sandwichs en même temps. La mécanique est rodée. De ses mains aux paumes larges, il ouvre les pains, les pose sur la grille pour qu'ils dorent. Pendant ce temps, il balance steaks de viande végétale, pavés de poisson ou de tofu sur la plancha fumante. Les suppléments courgette ou choux de Bruxelles subissent le même sort, avant d'être arrosés d'un trait d'huile d'olive et parsemés de thym. Les frites frémissent dans un grand bac sur sa droite. Lorsqu'elles sont bien dorées, le cuisinier réunit légumes et protéines dans une barquette en carton pour certains, dans du papier pour d'autres. Il appelle les numéros des commandes comme on récite une prière, sur un ton morne et pourtant plein d'espoir.

C'est bientôt la fin du service. Les apprentis renouent leur tablier alors que les lycéens attendent la dernière minute pour traverser le boulevard.

Un coup de pied dans les côtes m'oblige à revenir à la réalité. Il fait nuit. Aucune trace de lycéen dans ce fast-food. Je suis seul face à une meute, nu, sur du carrelage froid.

1

Ma promenade rituelle ne variait jamais. J'admirais d'abord le lycée Paul-Valéry. Son style architectural ne portait pas de nom. J.-C. Dondel, concepteur du lieu, avait pourtant participé à la construction du Palais de Tokyo et du musée d'Art moderne de Paris. J'aurais cru que, de fait, il appartenait à un courant reconnu. Mais il n'était ni brutaliste ni postmoderne. Il avait dessiné les plans de ce bloc monumental. *Basta.* Avait-il choisi le vert d'eau des carreaux, qui donnait à cette façade imposante un air de jeune fille à peine éclose ? Pas sûr. En revanche, je pariais que la régularité de l'implantation des fenêtres associée aux pilotis du hall d'entrée avait été pensée pour aérer le volume de cette école massive. Comme si l'éducation elle-même avait eu besoin d'un second souffle pour mieux avancer.

Ensuite, je traversais le boulevard Soult au niveau du tramway, ratant à chaque fois l'occasion de regarder Facefood de plus près. J'avais imaginé m'approcher pour en zyeuter l'intérieur à travers les interstices laissés par le rideau de fer mal baissé. Le fast-food paraissait toujours fermé lors de ma promenade. L'enseigne illuminée à toute heure avait la forme d'un smiley dont se dégageait une extrême tendresse. Je ne pouvais que liker. Pourtant, depuis que j'avais emménagé dans ce no man's land culinaire, je n'avais toujours pas fait l'effort de m'y arrêter. Le clin d'œil de l'émoji était trop aguicheur. J'avais peur qu'il ne tienne pas ses promesses. Ma crainte de la déception exprimait quelque chose que je niais depuis des années. Mes sens s'émoussaient et avec eux la fébrilité qui précède toutes les grandes découvertes.

J'avais été un autre homme. J'adorais farfouiller, fouiner, débusquer. Enfant, j'étais fan de Sherlock Holmes et du Cluedo. J'avais voulu devenir détective privé. Jeune bachelier, j'étais allé chez Duluc Détective, rue du Louvre. Sous le néon vert à la typo années cinquante, j'avais pressé un simple bouton couleur bronze. La large porte cochère en bois peint s'était ouverte. La fraîcheur du hall avait fait baisser ma tension artérielle. Je montai le seul étage qui me séparait du gros rideau en velours rouge que tira Martine Baret après avoir entendu retentir la sonnette.

Un mètre soixante-cinq, une cinquantaine d'années, des cheveux blonds, fins et courts autour d'un visage épaissi par le temps et l'expérience, ce corps-tonneau était détective. Au fond de ses yeux clairs soutenus par des doubles cernes prononcés, il y avait une barre à mine prête à frapper. Je baissai le regard et regrettai sur-le-champ d'avoir pensé au corps-tonneau.

Martine devait guetter l'affaire à venir. Que lui évoquait ce grand brun d'à peine vingt ans ? Un fils élevé par une mère célibataire trop aimante car délaissée par un homme inconséquent ? Cherchais-je mon père disparu ? Pourquoi ? Étais-je en quête de sens ? Avais-je besoin de renouer avec mes racines ? À moins que je ne sois après son héritage ? Faudrait-il prouver le lien de paternité ? Adopter le regard de la détective sur ma propre personne avait calmé les battements de mon cœur. Je retrouvais mon arrogance. Volontaire, je me lançai :

— Bonjour, je voudrais être détective privé et j'aimerais savoir comment faire.

Martine me jaugeait. Ah, ce dégingandé veut en être. Il a le bon âge pour commencer, mais a-t-il la carrure ? L'air amusé, elle me fit entrer dans son cabinet.

Elle m'invita à m'asseoir devant un grand bureau en chêne sur lequel elle écrivait ses rapports à la main. Elle sortit une feuille de papier. Elle aimait respecter les traditions. Cela se voyait à sa façon de frotter la tranche de son petit doigt sur le sous-main en cuir usé par son père, et son grand-père avant lui.

Ce dernier avait monté Duluc Détective en 1913. Merci, Google. J'avais lu des témoignages de clients qui avaient fait appel à ses services dès ses débuts. Il était dans la force de l'âge, épais comme il fallait pour passer inaperçu à l'hippodrome alors qu'il filait les maris joueurs, volages, parfois les deux. Sa moustache sentait toujours le tabac à pipe chaud, et sa voix ronde vous donnait l'impression de baigner dans du beurre tiède. Rien à voir avec moi.

Martine me soumit à un interrogatoire très détaillé sur mes habitudes alimentaires, sportives, amoureuses ; mes lectures, mes hobbys ; ma relation avec mes parents, mes camarades de classe. Je ne me dérobai pas. Je lui racontai ma fascination pour le personnage de Joseph Kessel, un titan doté d'une sensibilité animale qui faisait tomber les femmes autant que les masques. J'évoquai ma mère, une femme dévouée à son unique enfant depuis que son mari avait perdu la vie dans un accident stupide.

Une bouteille de Coca était tombée du quinzième étage d'un immeuble sur sa tête. Il était mort sur le coup, à même le trottoir. J'avais deux ans et demi. Ma mère ne l'avait pas vu et pourtant elle ne cessait de ressasser l'image recomposée à partir de témoignages de badauds, celle d'un corps désarticulé affalé sur le bitume. Elle le décrivait toujours comme si elle le voyait de haut, depuis la place du criminel. La chemise blanche maculée de soda noirâtre devenait un aplat tragique que les passants contournaient sans trop savoir quoi faire. L'intervalle post-mortem avait été de quarante-cinq minutes, une éternité d'indifférence pour un homme qui aurait dû être mon modèle.

Je ne niai pas mes relations étranges avec les jeunes filles de mon âge. Habitué à être exaucé par ma mère, je ne tolérais aucune résistance féminine. Je décrivis avec minutie les heures passées sur les bancs parisiens, à observer la foule et à tenter de deviner la vie de chacun, la raison de sa présence dans ces lieux, les liens qui pouvaient exister entre les gens. J'allai même jusqu'à dévoiler que j'avais filé ma prof de biologie avant de violer son domicile. Il me tenait à cœur de déterminer si elle était un homme ou une femme.

Persuadé que la transparence jouerait en ma faveur, j'étais prêt à tout pour faire partie de l'une des plus prestigieuses maisons parisiennes. Lorsqu'ils voyaient le sceau de Duluc sur les témoignages et les preuves présentés lors d'un procès, les juges savaient que ces pièces à conviction étaient fiables. Je conclus ce monologue en déclarant à Martine que je serais honoré d'être son élève.

Le verdict de la détective fut sans appel : j'étais un jeune homme bourré de talents mais trop brillant pour supporter l'ombre des filatures, la discrétion des questionnaires à visage couvert, le secret auquel est tenu chaque détective dans une affaire. Je ferais mieux de m'orienter vers une carrière de journaliste – là, mon ego serait confortablement récompensé.

Elle me raccompagna jusqu'au rideau de velours rouge et le tira derrière moi dans un au revoir froid comme l'acier. Blessé jusqu'au plus profond de mes tripes, je me dirigeai avec rage vers le Centre de formation des journalistes, qui était à une centaine de mètres de là. En quelques semaines, mon dossier fut sélectionné. À chaque fois que j'y pensais, une amertume envahissait ma bouche. C'était le goût du succès teinté d'humiliation. Ma promenade quotidienne n'y remédiait pas.

Je dépassais Pizza Gut, la franchise de pizzeria sans gluten dont les gigantesques drapeaux publicitaires étaient dignes d'un ancien vendeur de voitures texan. Invariablement, j'observais les immeubles arrondis du coin de la rue de Montempoivre avant de m'engouffrer dans la rue André-Derain.

Cette ruelle semblait être nulle part. Rien ne la distinguait d'une autre. Il était impossible de la reconnaître à l'odeur depuis que les nosepods étaient obligatoires. Destinés à nous protéger des virus, ces sortes de tamis miniatures s'inséraient dans les deux narines. Apple, associé à Pfizer, avait lancé le premier modèle à la suite de la pandémie de coronavirus sans se soucier de savoir si les nosepods filtreraient aussi les odeurs. Je ne m'habituais pas à cette perte sensitive et tentais de pallier le manque en m'appuyant sur des repères exclusivement visuels.

Une école annonçait que j'approchais de chez moi. Seul élément distinctif de cet endroit neutre, elle égayait toujours ma balade. Immaculée, avec un toit plat, arrondie à tous les coins, elle donnait l'impression d'avoir été bâtie sur une planète de Lilliputiens illuminés. Même si je ne voyais jamais les élèves en sortir, je les imaginais toujours vêtus de blanc, tribu silencieuse, lançant des regards sages à leurs parents hystérisés par la vie active.

Le système éducatif avait beaucoup évolué depuis la fin de mon cursus scolaire. Les premiers changements avaient eu lieu dès les années vingt, bien avant l'élection de Nbdspø, qui n'avait fait qu'entériner des mesures mollement assumées par les présidents précédents, à l'instar de la régulation des connexions Internet et de la surconsommation de viande. Pour le bien de sa population, Nbdspø avait fait triompher les neurosciences et la pédagogie Montessori. Dorénavant, les enfants apprenaient à leur rythme et selon leurs centres d'intérêt personnels. Cette pédagogie n'était plus réservée aux enfants privilégiés. À la suite de la dégringolade du taux de fécondité, les écoles, tout comme les crèches, regorgeaient d'espace disponible converti en zones d'apprentissage libre. Certaines avaient été transformées en lieux d'habitation collectifs, en galeries d'art ou en centres médicaux, et d'autres avaient maintenu leurs fonctions premières. Dans ces écoles, les élèves naviguaient entre différentes activités comme la musique, le jardinage, les mathématiques ou la grammaire en 3D. Quelqu'un d'inexpérimenté aurait eu l'impression que les enfants étaient abandonnés à leur sort. Mais, chaque matin, ils établissaient leur programme en tête à tête avec l'instituteur. Main dans la main, ils dessinaient les contours de la journée, y incluant des contraintes et des règles strictes à respecter.

Rares étaient les temps collectifs. L'accent était mis sur le respect de la vie, quelle qu'elle soit. Animaux non humains, plantes et bien sûr animaux humains ne devaient pas être bousculés dans leur routine. L'apprentissage du vivre-ensemble si cher au XXe siècle s'était effacé afin de laisser la place à celui du vivre-sur-soi, avec comme avantage collatéral de ne plus empiéter sur l'autre.

Le ministère de l'Éducation nationale avait mandaté une mission gouvernementale sur les violences à l'école dont les conclusions avaient amené à décréter la fin de la vie en collectivité. Les enfants sortaient dans la cour par groupes de trois, ayant à l'esprit une tâche préétablie par eux-mêmes. Ils en profitaient souvent pour exercer leur corps à sauter, courir, s'étirer. Des agrès étaient à leur disposition. Ils étaient autorisés à chanter, mais pas à crier. Pour cela, il existait des cabines de décompression. Elles consistaient en de petites cabanes en bois au fond de la cour. Autour de chacune, un potager. Une fois l'émotion dissipée, l'enfant pouvait prendre soin des légumes qui serviraient ensuite à la préparation des déjeuners. Chaque élève était encouragé à jardiner afin qu'à sa majorité, devenu un citoyen à part entière, il soit en mesure de fournir à la communauté dix kilos de légumes par mois. En s'attaquant aux premiers acteurs de la société, les enfants, le gouvernement avait tapé juste. Les mœurs évoluèrent à une allure spectaculaire, les réformes étaient assimilées sans jamais conduire à des mouvements de contestation populaire. En quatre ans, Nbdspø avait transformé le pays. Son autorité naturelle avait répondu à la volonté du peuple de s'autoréguler et s'était conjuguée avec la nécessité impérative de changer notre projet de société afin de vivre dignement sur une planète dont on avait pompé la totalité des ressources. Ces forces combinées propulsaient la France dans l'avant-garde politique et sociétale, à tel point que je regardais parfois la ville dans laquelle j'avais grandi comme si elle était devenue une cité futuriste régie par des principes issus de la science-fiction.

La résidence que j'occupais était une réplique de l'école de la rue André-Derain, en plus grand. Elle se cachait derrière une flopée d'immeubles années quatre-vingt dont l'octogone était le principe directeur. Les fenêtres, les portes, les garde-corps des balcons reprenaient tous la même forme géométrique. Un de mes passe-temps consistait à observer cette architecture obsessive depuis ma terrasse. La vigne vierge apportait de l'ombre à mes légumes accablés par la férocité de l'été. J'avais la chance de pouvoir les cultiver à domicile, à l'inverse de la majorité des gens qui devaient se rendre sur la petite ceinture ou le périph végétalisé, transformés en potagers communautaires. En pleine saison, ma parcelle était luxuriante, fruit d'une patience maraîchère. Libéré des nosepods, je m'enivrais de végétal. J'aimais le contact des feuilles piquantes des plants de tomates, l'odeur verte de la feuille froissée de haricot vert. Le bruit du sécateur, que j'actionnais au minimum, rythmait la lenteur de mes pensées. Jardiner me rassurait et comblait le vide patent dû à mon désœuvrement professionnel.

Au fin fond du XIIe arrondissement, j'étais à l'abri des radars branchés. Après avoir été le théâtre des restos à menu unique, des bars à cocktails et autres concepts à l'allure méditerranéenne, le XIe arrondissement avait une fois de plus été la scène sur laquelle se jouait le renouveau culinaire. En m'installant porte Dorée, je cultivais la distance que tout chercheur doit respecter avec son sujet d'étude. J'étais loin des stands à jus – la tendance était au céleri et à la cardamome –, des bistros à coquillages – dont la valeur nutritive était appréciée dès l'aurore – et des boutiques de repas à impact écologique nul. Ces derniers étaient l'invention d'un éboueur génial qui avait lyophilisé les épluchures de légumes avant de les réduire en poudre et de les mélanger à des insectes auxquels on avait fait subir le même sort – le grillon offrait, de loin, le meilleur apport en protéines. En y ajoutant de l'eau, on obtenait une sorte de soupe hyper nourrissante qu'on aromatisait au choix à la cardamome (encore), au cumin, au citron confit... La recette faisait un carton auprès de tous les corps de métiers en vogue. Les jardiniers de la ville, même s'ils étaient nombreux, et que la répartition des tâches était équilibrée, ne disposaient que de peu de temps pour déjeuner et exerçaient un travail très physique. Ils trouvaient cette formule parfaite pour assurer leurs journées de six heures.

Moi, je me nourrissais chez les traiteurs chinois, à l'ancienne, dans les faux restaurants japonais et les bistrots où le menu du midi n'avait pas changé depuis trente ans excepté pour la viande, remplacée par de la protéine de soja. J'appréciais beaucoup les roulés à la saucisse végétale de chez Picard et le taboulé cent pour cent persil de Monoprix. Saines parenthèses pour un homme dont le rôle était de prescrire à la société ce qu'il était bon de manger. Depuis l'élection du nouveau président, je me faisais le relais insidieux du discours hygiéniste de l'État, j'étais devenu un journaliste de propagande qui ne disait pas son nom.

Je vivais ces déviances comme une véritable libération. Je secouais ainsi le joug qui me soumettait au système gastro-médiatique : les chefs avaient eu besoin des médias pour redorer le blason du métier. Arrivés souvent trop jeunes dans un univers à l'organisation militaire, les apprentis prenaient le pli de la maltraitance comme socle d'une vie dédiée à « l'excellence », objectif ultime brandi par tous les chefs étoilés au col bleu blanc rouge. La fin justifiait les moyens. Les cuisiniers se transmettaient cet art de la violence renouvelée depuis des générations. Les médias avaient eu besoin de la cuisine pour vendre du positif, du concret, du rassurant à une société numérique en perte de repères tangibles. Ignorant les brûlures, les insultes, le harcèlement psychologique, les mains cassées ou au cul, la communauté « food », composée de blogueurs, de journalistes et de chefs, était devenue un village fait de consanguinité où les conflits d'intérêts ne se démêlaient plus des relations amicales. Les pires scandales avaient été étouffés dans l'œuf grâce à cette solidarité aux relents putrides. Malgré cela, je continuais d'accepter les invitations à déjeuner, à dîner, les voyages de presse pour un week-end prolongé. Je n'avais aucun poids dans le milieu, je me sentais telle une algue prise dans des courants contraires.

J'accumulais les portraits vides de sens de jeunes chefs soumis aux contraintes du nouveau régime. Avec l'arrivée de Nbdspø à la tête de la France, ceux-ci ne pouvaient plus travailler *dans la générosité*. La gastronomie française s'était toujours définie par cette abondance bienveillante et réconfortante. La nouvelle politique imposait de réfléchir autrement, et l'adaptation était dure. J'aurais dû écrire sur ce malaise, mais je ne pouvais ni ne voulais me mettre à dos l'intelligentsia bien-pensante. Je me rabattais sur des reportages à propos de la chute des ventes de McDonald's, malgré leur effort de greenwashing, et de la hausse de celles de quinoa et de sorgho. Je m'essoufflais. La matière m'écœurait. Je n'y arrivais plus. Je n'osais même plus me définir comme journaliste. La noblesse de ce métier ne pouvait souffrir ce genre de pratiques. Je plongeais avec allégresse dans une apathie intellectuelle escortée d'un embonpoint naissant que je n'étais pas décidé à combattre.

Je m'étais installé dans le XIIe arrondissement après le départ de ma femme. Elle n'en pouvait plus d'être « la variable d'ajustement et le réceptacle de mes plaintes à répétition ». Je n'avais pas vraiment compris le sens de ses formules jusqu'au jour où elle fut claire. « Je suis devenue ton crachoir », m'avait elle jeté au visage avant de claquer la porte. Je n'étais plus ce jeune homme flamboyant qu'elle avait eu peur de perdre au détour d'une jupe trop courte, mais un homme seul face à une insatisfaction chronique et addictive. Certains étaient amoureux de l'amour, se voulaient submergés par *le* sentiment, fuyaient dès qu'il s'estompait. Moi, j'étais en demande de malheur. Je créais le manque pour m'en repaître, me rouler dans sa masse désincarnée, me décomposer dans cet agrégat nébuleux et flottant. L'absence d'un tout créait ma présence au monde. Je ne pouvais me passer du rien au risque de disparaître. J'étais totalement dépendant de ma misère. Mon ex-femme continuait à m'envoyer des liens vers des conférences sur les conséquences d'une « déficience en figure paternelle ».

Le décret sur la colocation était tombé à pic. Je n'avais pas eu à me confronter à la solitude. À la suite du manque de logements, qui avait fait grimper le cours de l'immobilier au mitan des années vingt, la colocation était devenue obligatoire. Il fallait vivre avec au moins un individu sans lien ni professionnel, ni amical ou filial. Par un effet de balancier très logique, l'offre de chambres à louer ou à vendre explosa, induisant une baisse des prix non négligeable.

Ce décret était toujours en vigueur. Nbdspø l'avait assorti d'une obligation de disposer d'une pièce par individu afin de répondre au devoir d'isolement en cas de maladie contagieuse. La chambre à part était devenue une règle dans le couple. Les lits superposés n'avaient plus de raison d'être dans celles des enfants.

Ce qui, à l'époque, avait permis de désengorger le marché de l'immobilier était aujourd'hui salvateur pour la vie de la cité. La population parisienne avait chuté mais l'espace était toujours occupé. Grâce à la colocation forcée, personne ne ressentait les effets combinés de l'exode urbain et de la politique de l'enfant unique.

Celle-ci avait été appliquée après des recherches poussées du Groupe d'experts intergouvernemental sur l'évolution du climat (Giec). Leur conclusion était sans appel : l'élément le plus polluant pour la planète était l'être humain. Il fallait réduire les naissances pour des raisons évidentes de protection de l'environnement et profiter des pandémies pour faire le ménage parmi les vivants. Résultat, je vivais dans une capitale qui comptait cinq cent mille habitants au lieu des deux millions recensés en 2020. La pression immobilière avait décru en même temps que la démographie. Les Parisiens apprenaient à jouir de l'espace intérieur.

J'avais rapidement trouvé mon appartement, au calme, dans ce bâtiment à l'architecture maternante qui résonnait avec l'école de la rue André-Derain. Tout n'y était que courbes. Je vivais au neuvième et dernier étage, avec un graphiste au chômage et une ex-tradeuse reconvertie en coach parentale sur les réseaux sociaux. Nous restions souvent isolés dans notre chambre, sortions parfois faire des courses ou un peu d'exercice. Je m'aperçus que ces habitudes poussaient à se surveiller les uns les autres. Nous nous parlions peu. Nous nous répartissions des horaires fixes et décalés pour l'utilisation de la cuisine et de la salle de bains. Chaque chambre était dotée de toilettes individuelles, d'un lavabo et d'un sèche-mains Dyson très puissant. Le salon servait de buanderie. La terrasse était le seul endroit où nous nous retrouvions parfois.

Mon goût pour le jardinage épargnait à mes colocataires le dur labeur du potager. Ils m'étaient reconnaissants de cultiver pour eux les légumes dus à la communauté. Ainsi, ils fermaient les yeux (ou plutôt les narines) sur les odeurs de nourriture qui émanaient de ma chambre. Nous avions le droit d'enlever nos nosepods en privé.

Dans mes toilettes, j'avais installé une plaque à induction sur laquelle je donnais libre cours à mes délires gastronomiques. Elle me consolait de ma solitude, de mon insatisfaction professionnelle, me permettait d'oublier un instant mes échecs accumulés. C'était venu insidieusement, sans que je ne m'en aperçoive. Je me réveillais plus tard, prenais mon petit déjeuner à l'heure du déjeuner, le déjeuner à celle du goûter, etc. De fil en aiguille, tous mes repas se retrouvèrent décalés. Je ne respectais plus aucun canon horaire, au risque de me désocialiser. Mes rythmes de sommeil et de digestion s'étaient écartés de la ligne dictée par le gouvernement. Je m'accordais le droit de manger des protéines animales passé 19 heures. Bœuf bourguignon à 5 heures du mat, tartines de Nesquik plongées dans du lait de vache chaud à minuit. Il n'y avait plus de règles. Je me roulais dans une forme de charivari alimentaire qui me libérait de l'injonction au bien-être prônée par Nbdspø. Je perdais pied. Seules mes déambulations parisiennes n'avaient pas changé. Le boulevard Soult était devenu mon confident.

2

Ce mardi 6 avril, le boulevard me surprit. L'air était encore piquant, mais des vagues de chaleur émanant du sol rappelaient qu'il y avait eu du soleil dans la journée. Je marchais sous la coupole des arbres, silhouettes frêles chargées de pollen neutralisé grâce aux nosepods. L'avenue Armand-Rousseau était déserte. Je venais de dépasser la statue du nageur du musée national de l'Histoire de l'immigration et m'engouffrais dans le passage qui menait au cimetière de Saint-Mandé. Il n'y avait pas de lune. Était-ce la nuit trop épaisse, un sursaut de volonté, le besoin de combler un vide ou au contraire de créer une absence supplémentaire ? Je décidai de bifurquer vers la droite sur le boulevard Soult.

À cette heure-ci, Facefood était généralement éteint. Une lumière discrète filtrait pourtant à travers le rideau de fer. Depuis le trottoir d'en face, je ne distinguais que des pointillés lumineux qui donnaient l'impression d'une étrange constellation verticale. Bravant l'absence de passage piétons et les rails du tramway, je traversai la vaste artère et approchai mon visage de l'un des interstices laissés béants par le store métallique mal fermé. Je distinguai six personnes faiblement éclairées par une lampe de camping. Elles étaient assises en cercle au milieu du snack. Au pied de chaque chaise, une gourde en inox. Dans chaque main, une liasse de feuilles au texte dense. En maître de cérémonie, un homme d'une cinquantaine d'années, le visage marqué, le port altier malgré la mollesse de son jogging, semblait lire le texte.

Je collai mon oreille sur l'acier froid et poussiéreux. Personne ne pouvait me voir. Derrière le métal protecteur, la porte devait être ouverte pour aérer. Des bribes indistinctes de la conversation qui se jouait me parvenaient. J'entendais les mots « addiction », « maîtrise », « prière », « Dieu ». Mes airpods, sensibles à mon désir d'écoute, se mirent automatiquement en mode captation externe. Les fréquences s'ajustèrent. Les mots « nourriture » et « douze étapes » grésillèrent. Le volume de la voix atteignait un niveau parfait lorsque je compris que les douze étapes faisaient référence aux Alcooliques anonymes. Ici, il était question d'alimentation solide. Le maître de cérémonie égrenait les objectifs de chaque étape. En me concentrant, je distinguai clairement la litanie des tâches à accomplir : admettre son impuissance face à la nourriture, la perte de contrôle sur sa vie ; croire en une puissance supérieure (appelée *Dieu* pour des raisons pratiques) et *Lui* confier sa volonté et son existence ; procéder à un inventaire moral et sans faille de soi-même ; s'avouer ou avouer à un autre (dont *Dieu*) la nature réelle de ses erreurs ; être prêt à ce que *Dieu* élimine ces défauts de caractère ; *Lui* demander de faire disparaître ces déficiences ; s'excuser auprès des personnes qui ont été lésées à cause de cette perte de contrôle ; réparer ses offenses envers ces personnes ; poursuivre son inventaire moral ; continuer à admettre ses torts ; chercher par la méditation à améliorer son contact conscient avec *Dieu*. Enfin, d'une voix profonde, l'homme lut la dernière étape : « Une fois éveillé spirituellement, le bouffeur anonyme doit transmettre ce message à d'autres bouffeurs anonymes. »

Je bougeai de mon poste d'écoute et observai à nouveau le maître de cérémonie. Ce visage durci ne m'était pas inconnu. Il avait beaucoup changé, mais c'était bien Louis Péri. Lorsque je le reconnus, il tourna la tête dans ma direction. Je reculai de quelques pas.

Mon cœur battait sec. Un sujet ! Ah ! sacré boulevard Soult ! Si j'avais su qu'il me révélerait un pareil secret. Ainsi, Louis Péri, grand chef parisien, violait la loi sur les réunions et animait des groupes de parole de mangeurs repentis. Il fallait bien un Nbdspø pour faire émerger ce genre d'absurdités. Les participants devaient se sentir si coupables qu'ils avaient besoin de se confesser les uns aux autres. La nourriture avait donc acquis dans leur esprit l'effrayant statut de drogue. Elle était « péché ». Mû par une curiosité que je n'avais pas ressentie depuis longtemps, je me rapprochai à nouveau de Facefood. Louis Péri n'avait pas pu me voir. Je repris ma station debout près du rideau de fer par lequel les sons filtraient.

Ainsi, j'entendis le témoignage d'une jeune femme qui faisait face à la vitrine. Au travers de ma lentille d'observation, elle était belle, l'air contrit mais les hanches encore trop larges de ses derniers excès gourmands. Son débit était aussi lent que le battement de ses longs cils. Regard de biche, voix rocailleuse, le contraste était envoûtant. Son récit ne l'était pas moins. Elle était infirmière. Souvent de garde, elle avait pris l'habitude d'occuper ses nuits à lire tout ce qui avait trait à la cuisine. Ça la maintenait éveillée. Le personnel hospitalier mangeait la même chose que les patients : macédoine de légumes tout droit sortie des fiches cuisine *Elle* des années soixante, steak haché gris (pourtant considéré comme un privilège), purée de carottes avachie dans un trop-plein d'eau de cuisson jamais égouttée, riz au lait décongelé ou au mieux fruits au sirop… Des repas quotidiens si ternes que lire les chroniques gastronomiques écrites dans les années dix donnait de l'espoir à cette femme. Elle les imprimait et les collectionnait dans un grand classeur. Une forme de perspective dans une vie morne.

Puis elle était passée à l'acte. Elle avait boudé ses plateaux-repas et consacré ses jours off à interpréter les descriptions lues dans ses archives pour en faire de véritables plats. Elle les mettait dans des tupperware en verre à congeler. Ses gardes avaient maintenant plus de goût.

Une femme maigre au visage orné d'une toute petite bouche très lippue poursuivit. Sa voix fluette s'accordait avec son nez court et rond. Elle portait vraisemblablement le nom de Mushu ou Muchu. Ses lobes d'oreilles rebondis trahissaient une sensualité gourmande. Pourtant, cette jeune femme rousse se définissait comme monomaniaque. Elle ne pouvait s'intéresser qu'à un seul aliment à la fois. Cela avait commencé dès l'enfance. Comme beaucoup, elle refusait de manger les différents ingrédients d'un plat mélangés dans l'assiette. Mais sa particularité était de demander à sa mère de mettre chaque ingrédient dans un contenant différent. Elle disposait ensuite les bols en rond et dans un ordre de colorimétrie bien spécifique, du plus clair au plus sombre. Elle dégustait enfin le contenu de chaque bol avec concentration. Ses parents n'avaient pas pu lutter contre cette manie. Elle avait consulté une myriade de spécialistes : allergologue, psychologue, naturopathe, diététicien, art-thérapeute.

Elle ne changea ses habitudes que pour les durcir. À trente-quatre ans, elle ne mangeait désormais qu'un seul ingrédient par repas.

Une voix de gospel prit la suite. Elle émanait d'un petit corps rondelet, à la gorge généreuse et à la chevelure abondante, blonde comme une baguette de pain à peine dorée. Des yeux aussi verts que des algues nori s'enfouissaient au-dessus de joues rosées et rebondies. Je crus comprendre qu'elle s'appelait Rapa ou Crapa. Elle était chercheuse en neurophysiologie. Elle l'avait affirmé avec fierté. À ses débuts, elle étudiait l'obésité sur des souris. Avec effroi d'abord, elle s'aperçut qu'elle se gavait autant que ses petits cobayes. Mais ses lectures de développement personnel sur l'acceptation de soi lui permirent de déculpabiliser. De ce travers quasi boulimique, elle fit son identité. Ça la rendait jolie. Elle revendiquait son embonpoint avec bonne humeur et réunissait des confrères autour de sa passion. Ils s'étaient autoproclamés Société des amateurs de gras épicuriens : SAGE. Rapa énumérait avec nostalgie les *moellathons* et autres concours de raclette. Le premier consistait à faire le tour des meilleurs restaurants de tradition française pour y manger le plus d'os à moelle possible. Le second, plus classique, se déroulait lors d'une soirée où deux challengers ingurgitaient face à face un maximum de fromage fondu. Je pensai avec ironie à la tête de Nbdspø s'il avait appris l'existence d'un tel *groupuscule*. Il l'aurait qualifié ainsi, j'en étais certain. La jeune femme enrobée raconta avec dépit qu'ils n'étaient plus que quatre à faire partie de la SAGE, regrettant le temps où la confrérie comptait cinq mille six cents membres actifs. L'animal épicurien était en voie de disparition, et sa représentante en chef en était au stade de la confession.

Son pendant masculin enchaîna. Tchoto. Il le clama avec fierté, faisant claquer sa langue sur chaque « T » de son prénom. Bon vivant, jovial, l'homme parlait fort. Il raconta sans vergogne qu'il gobait au lieu de manger. Les burgers étaient sa raison de vivre, avec ou sans viande. Prototype exemplaire du célibataire jamais dégrossi, Tchoto, ou Choto (allez savoir quelle orthographe il avait choisie pour se qualifier), portait le cheveu gras, juste assez long pour frôler un double menton d'autant plus visible que l'homme avait une peau diaphane et molle. Friand de steak de légumineuses, il adorait les pets sonores qui suivaient leur digestion. La délicatesse n'était pas ce qui caractérisait Choto. Je décrétai ceci tout en décidant que j'écrirais son nom sans le « T » préliminaire. Ce « T »-là était pour moi, Toma, homme élégant au teint hâlé, célibataire, certes, mais sans double menton.

Depuis que Nbdspø était au pouvoir, les lieux qui offraient une nourriture reconnue comme mauvaise pour la santé (trop de sucre, de gras, de conservateurs, etc.) étaient astreints au rationnement. Une fois par mois, un bon que les jeunes appelaient « junk » était envoyé à chaque citoyen. Choto, hacker à ses heures les plus solitaires de la nuit, avait monté un réseau de récupération de ces tickets de rationnement. La population s'était détournée des fast-foods, et il était facile de collecter les coupons à très bas prix. Il les utilisait tous. Quand il lui en restait, il les offrait aux étudiants qui travaillaient dans la même bibliothèque que lui.

Dala, lui, était préparateur en pharmacie. Il portait une cinquantaine d'années tel un voile de talc déposé sur les angles de son visage émacié. Ses yeux rapprochés d'un vert-jaune inquiétant rappelaient le regard acéré des aigles. Il se disait « aussi précis en cuisine que le rapace lors de la chasse ». Dala frappait avec méticulosité. Tel un mécanicien, il démontait les principes de la réaction de Maillard afin d'expliquer cette théorie mise au jour en 1911 par Louis-Camille Maillard lui-même. Ce que je connaissais comme étant un phénomène qui donnait à la viande son côté caramélisé lors de la cuisson devint dans la bouche de Dala un concept scientifique très élaboré : la condensation, due au chauffage d'une matière comestible, jouait sur les protéines et les acides aminés, conduisant au brunissement non enzymatique de la matière. Traduire : le beurre devient beurre-noisette, le sirop d'érable roussit, le pain grillé sent bon. Mon attention vacilla lorsqu'il s'engagea sur le rond-point de la coagulation de l'albumine de l'œuf. Une fois seul dans sa chambre, il disséquait les techniques qui avaient fait les grands plats d'antan : le lièvre à la royale, la tête de veau en feuilleté, le vol-au-vent. Il ne mangeait pas tant que ça, mais la gastronomie française l'obsédait.

Dans la pénombre de la rue André-Derain, leurs voix s'entremêlaient par à-coups, leurs visages se superposaient, se désintégraient, s'agglméraient avant de se diffracter et d'engendrer de nouveaux visages avec de nouvelles voix. Ces frottements répétés déclenchèrent une réaction proche de celle de Maillard. Une partie de mon cerveau caramélisait, excitée par les perspectives de cette découverte.

Une fois chez moi, je pianotai sur l'ordinateur. Aucune mention de ce genre de groupes de parole pour mangeurs en cure de désintoxication. Paris était enfin le berceau d'un épiphénomène gustatif. Fini les articles sur le énième chef en mal de racines, qui s'épanche sur sa quête d'une identité à la fois culturelle et esthétique. Enfin, je m'affirmerais en tant que journaliste d'investigation. Me confronter au désir d'anonymat, faire preuve d'habileté pour délier les langues et, avant tout, m'introduire dans ce cercle certainement fermé de mangeurs repentis. J'espérais en être capable. *Avec les Alcooliques anonymes*, l'enquête de Joseph Kessel parue en 1960, me revint à l'esprit. Je me souvenais de la fameuse « clé » dont tout reporter a besoin pour connaître en profondeur un milieu fermé.

Kessel était un être sociable à une époque où c'était une grande qualité. Sa clé avait été son entregent. Il avait su lier d'utiles relations avec des personnalités à haute responsabilité, un exercice facile pour un Kessel habitué aux cercles d'intellectuels. Par chance, ces nouvelles connaissances étaient désinhibées et partageaient sans pudeur leur histoire, conscientes que leur témoignage changerait la vie de milliers de personnes. Pas loin d'un siècle plus tard, j'étais confronté à une société hermétique où ce genre de réunion, en plus d'être interdite, devait être source d'une grande honte pour les participants. Je ne pouvais pas me présenter à Facefood et annoncer mon ambition de faire de leurs assemblées clandestines un reportage. Je ne savais même pas comment m'inscrire à ce groupe de parole. Il me fallait une « clé ». Comment s'étaient-ils rencontrés, d'ailleurs ? Comment Péri avait-il pu recruter cette poignée d'individus ? Quel était le but de ce groupe ? Cesser d'avoir des pratiques alimentaires déviantes, ou au contraire apprendre à les assumer dans une société où la déviance était devenue inacceptable ? Les premières questions fusaient. Mais, pour l'heure, il fallait que je vende cette histoire à mon journal.

3

Le téléphone m'échappa. Mes mains étaient moites. Je les essuyai sur mon pantalon de velours côtelé, mais rien n'y fit. Il fallait pourtant que je l'appelle. Laissant l'appareil amorphe sur le sol, je me dirigeai vers les toilettes. Contiguë à ma chambre, cette pièce ultra-fonctionnelle était bien étroite pour un homme de ma taille. Je me penchai vers le lavabo, trop bas, qui, tout en s'allumant automatiquement, aspergea mes paumes d'une mousse senteur fleur d'oranger. Je les passai au Dyson. J'éprouvai la sécheresse de ma peau. Le temps que je regagne ma chambre, mes mains étaient à nouveau luisantes de sueur. Il me semblait bien avoir du talc quelque part.

À nouveau dans les toilettes, je fouillai dans l'armoire à pharmacie, faisant tomber une boîte de paracétamol et une d'antihistaminiques. Où était ce foutu talc ?! J'avisai le verre à dents, le remplis d'eau à ras bord, bus comme si je venais de marcher pendant des heures sous le soleil, réitérai l'opération deux fois. Le léger goût de dentifrice résiduel me rafraîchit. Une grande inspiration. Assis sur les toilettes, j'enlevai mes chaussettes et retournai dans ma chambre.

Elle me parut sombre, étriquée. Ce manque de perspective spatiale me comprimait les poumons. Dans le coin de mon œil, un mouvement. L'écran de l'ordinateur était allumé. Des photos de paysages y défilaient à une cadence régulière. Une falaise rocheuse surplombant une mer turquoise, un banc de sardines filant dans un rai de lumière, le désert, des pigments colorés lancés dans les airs lors de la fête hindoue de Holi, une fourmilière vue de l'intérieur... Je repris mon téléphone. Il glissa une seconde fois. Le talc était resté introuvable.

Commande vocale.

Commande vocale activée.

Appeler rédac chef.

L'appel « rédac chef » est en cours... Votre correspondant s'apprête à répondre dans 3, 2, 1. Maintenant.

— Allô ?

— Rdc, j'écoute !

— Bonjour, Rdc, je ne vous dérange pas ?

— J'ai décroché par erreur. Je n'ai que quelques minutes.

— Eh bien... Comment amener ça ?...

— Toma ! Quelques minutes, ai-je dit ! Sommes-nous d'accord ?

— Oui, oui, *tourtes* mes excuses, Rdc, j'y viens. (Pourquoi butai-je sur les mots ?!)

— Eh bien, allez-y !

— Oui, oui… Euh, voilà, je pense que je tiens quelque chose.

— Oui ? Votre téléphone ? (*Rire gras.*)

— … Je crois que j'ai une histoire.

— On a tous une histoire ! Bon, vous y venez, car je dois raccrocher à pile. J'attends un coup de fil de l'Élysée. Une exclu.

— Ah ? Oui, intéressant, je ne vais pas vous prendre trop de temps. Voilà, je crois avoir découvert un sujet qui mérite notre attention. Figurez-vous que des gens se réunissent dans un fast-food pour se parler.

— Hum… Écoutez, Toma : pitchez-moi ça par écrit, je n'ai plus le temps, là. Je ne comprends rien à ce que vous me dites.

— Non, non attendez !

Un silence impatient se cabra sous l'effet de ma requête. Je trouvai malgré tout un peu d'assurance pour continuer, modulai ma voix pour qu'elle arrête de dérailler.

— Voilà, Louis Péri, vous savez, l'ancien chef star, il a créé une sorte de groupe de parole qui réunit des mangeurs anonymes, un peu comme les Alcooliques anonymes.

— Ah… Oui… Vous êtes lent mais c'est intéressant. Documentez-moi ça et tenez-moi au courant.

Bip. Votre correspondant a raccroché.

L'écran du téléphone redevint noir. Assis à même la moquette en fibre de chanvre, je le fixai comme s'il était un être à part entière. Allait-il se rallumer pour me féliciter ? J'aurais aimé que le visage de mon père y apparaisse.

Je n'y vis que mon reflet. Pâle visage dont la bouche ouverte, mâchoire pendante, rappelait les trous noirs. Je souris. Tout me semblait irréel, cet autre moi au contour adouci par la luminosité sombre de l'écran noir, ce coup de fil sur haut-parleur. Était-ce vraiment la voix de Rdc qui avait grésillé ainsi dans l'écouteur saturé ? Avait-il prononcé le mot « oui » ou l'avais-je imaginé ? Je venais de décrocher l'approbation de Rdc pour la première fois depuis... Pour la première fois. D'habitude, il m'envoyait un message pour me commander des sujets. Aucune des idées que je proposais ne lui convenait jamais. Il me faisait confiance pour remâcher des communiqués de presse, pas pour enquêter. Mais aujourd'hui, en ce mois d'avril pluvieux, il m'avait dit oui.

J'allais peut-être enfin récupérer un « s » à mon prénom. Depuis la réforme identitaire censée gommer l'origine ethnique des citoyens, je n'avais qu'un rêve, retrouver mon « h » et mon « s » et rétablir Thomas. Si la valeur sociale d'un individu se mesurait maintenant au nombre de voyelles dans le prénom et le nom de famille, ces deux consonnes me manquaient pour des raisons affectives et esthétiques. Thomas était le prénom que mon père m'avait donné. Seul legs de cet homme qui m'avait toujours fait défaut, Thomas avait bien plus de grâce lorsqu'il était orthographié à l'ancienne. La hauteur du « h » côtoyait celle du « T » quand la rondeur du « s » répondait à celle du « a ». Mais il y avait encore autre chose.

Nbdspø affirmait sa supériorité sur nous grâce à ce « o » barré et à l'absence flagrante de voyelles dans le vocable qui nous servait à le nommer. Le président portait un prénom imprononçable, et quatre-vingt-quatre pour cent d'entre nous avaient voté pour lui. Nous ne connaissions même pas son patronyme. Nous n'en avions pas besoin. À la tête de l'État, Nbdspø vivait dans la négation de la voyelle. Sa suprématie résidait dans la consonne.

Rdc l'avait imité, prenant le risque d'être moqué. Au journal, certains l'appelaient, en douce, « Rez-de-Chaussée » ou « République démocratique du Congo ». Il avait, bien sûr, choisi ce nouveau prénom en référence à sa fonction de RéDacteur en Chef. Mon désir était beaucoup plus légitime que celui de Rdc ou même de Nbdspø. Je voulais retrouver la grandeur de mon prénom de naissance. La réforme identitaire m'avait amputé d'une partie de mon nom. Je m'étais senti gommé. Il était temps que je redessine les contours de ma personne, que je reprenne possession de moi-même. Si l'article sur les bouffeurs anonymes était relayé par d'autres médias, partagé à outrance sur les réseaux, j'accumulerais pléthore de clics. Pour demander un changement de prénom en bonne et due forme à l'état civil, il me manquait encore mille sept cent quatre-vingt-six points. Cent clics délivraient un point. Je devais viser les deux cent mille clics pour redevenir Thomas. La barre était haute, mais l'objectif, atteignable, vu la bombe que je m'apprêtais à signer.

Tel était le monde depuis l'élection de Nbdspø. Le nouveau président avait fait table rase de nos héritages. La reconnaissance sociale était la nouvelle racine sur laquelle se construire. On affirmait son parcours, sa notoriété et son rayonnement plutôt que sa généalogie. Le consensus était général. Nbdspø avait ainsi éteint ce qu'il avait identifié comme « le feu communautariste » qui couvait depuis le début des années deux mille en France.

Il avait aussi sonné le glas d'une époque de consumérisme à outrance dont l'explosion de l'obésité restait le meilleur symbole. Avec elle, d'autres maladies étaient apparues depuis les années vingt. L'atrophie de l'hémisphère gauche du cerveau avait commencé à se faire sentir. Les *digital natives* avaient déjà perdu un tiers du vocabulaire courant, s'exprimant essentiellement par phrases très courtes et sans sujet. Contre ce fléau, Nbdspø n'avait encore rien prévu. Le business de l'émoji était trop juteux pour être contré.

Des millions de gens travaillaient dans ce secteur dit « ludique », inventant chaque jour des interprétations visuelles de nos émotions et de nos croyances. Après le panda, tranquille, majestueux et gourmand, le poulpe avait pris les devants. Son intelligence intuitive et sa nature sacrificielle (les mamans meurent en attendant l'éclosion de leurs œufs) traduisaient l'état d'esprit de la nation, prête à se soumettre à des restrictions sans précédent pour l'avenir de ses enfants. A contrario, l'insulte suprême prenait les traits du renard, animal rusé et individualiste. Chapardeur et même menteur, il était le cynique de notre époque. L'hippopotame était de loin l'animal le plus repris. Son allure placide incarnait à merveille le leitmotiv de Nbdspø : la mesure en toute chose. Le nouveau président voulait aller moins loin qu'un *less is more* déjà trop radical. Il prônait sans aucune vigueur (restant ainsi fidèle au principe qui l'avait fait élire) une austérité aussi tiède que l'eau dans laquelle macèrent les hippopotames. D'ailleurs, après son investiture, plus personne n'envisageait cet animal comme une menace. Il était pourtant connu pour être l'un des plus grands tueurs d'hommes par accident.

Le premier décret frappa les connexions Internet. Lorsqu'elles concernaient un contenu dit « excessif », elles ne pouvaient durer plus de dix minutes par outil informatique utilisé. La multiplication des « *devices* », comme on les appelait en anglais, permettait de contourner l'interdiction. Dans un foyer, l'accumulation de tablettes, téléphones, ordinateurs portables ou fixes prouvait une forme de résistance au pouvoir, un désir de liberté.

Aucune restriction n'existait lorsqu'il s'agissait de cours de yoga en ligne, de consultation administrative ou de lecture encyclopédique. Mais un compteur se mettait en route si les recherches se révélaient subversives : films violents, musiques jugées vulgaires, paris en ligne... Le ministère de la Culture avait dressé une liste exhaustive qui s'allongeait à chaque nouvelle production artistique.

Si un contenu « non recommandé » était consulté, la connexion s'arrêtait dès les fameuses dix minutes écoulées. Il fallait attendre trois heures pour retrouver du réseau. Impossible donc de faire un exercice de méditation en ligne après avoir entrevu un *snuff movie*. Cette réforme, pourtant très coercitive, fut acceptée sans heurts par une population française addict en demande de sevrage, dans tous les domaines.

Le gouvernement prit aussi le contrôle de la vente d'alcool, des drogues douces et dures. Il établit une dose annuelle acceptable pour chacun, selon son âge et son statut social. Ce n'était ni trop ni pas assez.

Interdire n'était pas une option. Nbdspø voulait que chaque individu se sente « libre et responsable ». Un urbain célibataire de trente-cinq ans gagnant plus de cinq mille euros mensuels pouvait se procurer chaque mois, grâce à des tickets émis par le gouvernement, un gramme de cocaïne, deux bouteilles d'alcool distillé et quatre d'alcool fermenté. Ces achats devaient être espacés d'une semaine ou plus selon la catégorie du produit afin que tout ne soit pas consommé simultanément. Les abstinents et les riches célibataires étaient devenus les dealers d'un marché noir très actif où les psychotropes se revendaient aux plus dépendants ou aux citoyens de classe inférieure. Pour célébrer son anniversaire, un individu consciencieux prévoyait de stocker les produits pendant plusieurs mois avant de lancer ses cartons d'invitation.

Depuis les pandémies à répétition, les rassemblements étaient limités à dix personnes maximum dans les lieux privés – la jauge ne pouvait dépasser quatre personnes pour un groupe réuni dans un lieu public. Les fêtes se déroulaient donc sur trois ou quatre jours, à raison de quatre heures par groupe de dix invités. Plus personne n'était habitué à ingérer autant de psychotropes dans un si court laps de temps. À l'heure de la rotation, on aérait les pièces.

Il était proscrit de fermer les rideaux lorsque l'on recevait chez soi. Les drones de surveillance devaient avoir accès à l'intérieur des appartements afin d'anticiper toute forme de débordement. Il suffisait d'une personne qui se dénude au milieu des autres pour que les forces de l'ordre sonnent à la porte et dispersent l'assemblée.

La location clandestine de cafés, restaurants et boutiques était devenue une pratique courante. Derrière les rideaux de métal galvanisé, tout pouvait se passer. Les drones, dotés d'un capteur thermique, repéraient bien la chaleur humaine, mais des systèmes de climatisation naturelle permettaient de tromper toute surveillance. Malgré tout, les fêtes se faisaient de plus en plus rares, et la consommation de psychotropes avait chuté de cinquante pour cent en trois ans.

Contrôler l'alimentation de la population s'était avéré plus compliqué. Il avait fallu utiliser des stratagèmes de communication massive, ériger le beau et le sain en valeurs directrices pour que chacun prenne conscience de sa responsabilité vis-à-vis de lui-même. En revanche, nul besoin d'une campagne de sensibilisation sur le sujet de la consommation de viande. Les Français savaient. Ils étaient préparés.

Dès les années dix, ONG et organismes de santé avaient alerté les gouvernements sur les dégâts environnementaux causés par l'élevage intensif. Maltraitance animale, déforestation, pollution, consommation excessive d'eau étaient autant d'arguments contre la production de viande.

Nbdspø, soutenu par les lobbys de la protéine végétale, légiféra avec fermeté. Dès le début de son mandat, il profita de sa popularité de nouveau président et délégua la prescription de la consommation de substances carnées aux médecins traitants.

Chaque individu recevait des points dits « rouges » sur sa carte Vitale. Ils correspondaient au nombre de grammes de viande autorisé. Pour un adulte, on préconisait huit cents grammes par mois.

Les boucheries et les restaurants étaient équipés, comme les pharmacies, les cavistes et les dealers, de lecteurs de ces cartes devenues vitales. Les points rouges en étaient débités à chaque achat. Les effets de cette réforme furent immédiats. La moitié de la population devint végétarienne ou vegan en un an à peine. La production de viande dégringola l'année suivante. Les paysages changèrent. Plutôt que des hangars à entasser les poulets, que des champs de monoculture à perte de vue, on vit des haies se replanter un peu partout, des champs où sarrasin et colza pouvaient cohabiter. Les vaches étaient plus souvent en pâture qu'à l'étable ; les agriculteurs, plus souvent souriants que suicidés.

Trois ans de ce régime suffirent à faire évoluer les mœurs. La surpêche était interdite. On ne mangeait que du poisson issu de la pêche durable. Ce type de mesures avait donné des résultats sanitaires probants. Le diabète baissait, le cancer du côlon reculait, et la courbe de l'obésité s'infléchissait.

La population, raisonnable, s'autorisait la fantaisie d'un verre de vin pour les grandes occasions. La ripaille n'était plus synonyme d'épanouissement. La stigmatisation des rares « bons vivants » progressait rapidement. Une autocensure alimentaire s'installait, pour le plus grand bonheur du gouvernement. La ligne politique du « zéro excès » était respectée sans anicroche.

J'avais cru cela jusqu'à ce que je découvre, il y a quelques jours, les « Bouffeurs anonymes », comme les appelait Louis Péri. En plein déni, je pensais respecter le programme de Nbdspø, sans avoir conscience que je le violais au quotidien en adoptant des pratiques alimentaires inappropriées.

Je n'ignorais pas l'émotion qui m'habitait depuis que j'avais découvert ce groupe. Je me sentais appelé. L'histoire de ces femmes et de ces hommes résonnait avec la mienne. Comment écrire sur la gastronomie en restant à distance de son sujet ? J'avais développé une relation très particulière à la nourriture durant ces quinze dernières années. Fusionnel, ou dans le rejet total, écœuré mais toujours aimant, j'étais un amoureux inconstant quand il s'agissait de manger. Lorsque je pensais à mon bœuf bourguignon matinal, il n'y avait plus de place pour le doute : je faisais déjà partie de ce cercle de bouffeurs anonymes. Je pourrais y expier mes fautes, revenir dans le droit chemin, me sentir dans la norme, peut-être retrouver une vie amoureuse équilibrée, changer de métier (ou de domaine d'expertise). Mais avais-je envie de normalité ?

Je chérissais mon charivari alimentaire, même s'il s'apparentait à une forme de pathologie dans notre monde. Mon but ultime était-il de m'en débarrasser ? Si oui, il aurait fallu que j'intègre le groupe de parole sans écrire dessus, que je pratique sans réserve le mea culpa. La distance du reporter était incompatible avec l'introspection nécessaire à l'homme en demande de purification.

Si non, je continuais ce que je venais d'entreprendre. J'allais m'infiltrer, prendre mes habitudes du mardi soir à Facefood, recueillir des informations puis sortir un scoop qui me propulserait plus haut sur l'échelle sociale, me permettrait d'accéder au statut de grand reporter. J'arrêterais d'écrire sur la gastronomie et j'aurais de nouveau un régime alimentaire normal. Voilà. Une cure individuelle. Pas besoin de faire réellement partie du groupe pour me soigner. Je bénéficierais d'un double effet positif : retrouver une hygiène de vie acceptable et les deux consonnes manquantes de mon prénom. La femme viendrait d'elle-même. Car, oui, j'avais aussi envie d'une femme.

4

Pour les besoins du reportage, je choisis ma « clé ». Je n'imaginais pas créer une connivence rapide avec un homme. Je rentrerais en contact avec l'infirmière à la voix rocailleuse. Là où la neurophysiologiste et la rousse maigrelette me semblaient âpres, elle avait l'air sociable, joviale, facile d'accès.

Une semaine après le coup de fil à Rdc, je retournai sur le boulevard Soult. Caché à l'ombre du porche de l'école de boucherie, j'attendis la fin de la séance, bien décidé à sacrifier ce mardi à la réussite de ma mission. Trop loin de Facefood pour entendre quoi que ce soit à ce que le groupe partageait à cette heure-ci, je ne pouvais que spéculer. Il était 22 h 30. Combien de temps duraient ces réunions ? La dernière fois, il ne me semblait pas que tout le monde se soit exprimé. Les temps de parole étaient-ils chronométrés ? Y avait-il un ordre particulier ou la prise de parole était-elle spontanée ? Mes interrogations furent bousculées par un chien errant.

Il y en avait de moins en moins en ville. À la suite des mouvements de libération des animaux domestiques de 2025, des chiens, des chats, des hamsters, des lapins déambulaient dans les rues de la capitale. Ils cherchaient refuge dans les jardins municipaux. Les lacs artificiels de Vincennes et des Buttes-Chaumont regorgeaient de poissons bigarrés. Assez rapidement, des associations de défense des animaux avaient organisé des battues afin de placer les rescapés dans des parcs naturels un peu partout en France. Mon ex-femme avait par exemple déposé notre chat dans la Sarthe, où il était censé retourner à l'état sauvage. Une fois, pris de nostalgie, j'étais allé me promener dans l'une des forêts du coin, espérant le croiser, le caresser une dernière fois et lui souhaiter d'être heureux. Mais Katsuko n'était pas là. Ce n'était qu'une absence de plus dans ma vie. La troisième. Trois = 5 lettres. Mon père, ma femme, mon chat…

Ma mère s'était, elle aussi, évanouie dans la nature. Après l'élection de Nbdspø, elle m'avait envoyé un SMS. « J'y vais. » Où ? Pourquoi ? Avec qui ? Elle ne donnait aucun détail, et je n'avais pas d'indice. Je l'avais cherchée dans tous les paysages qu'elle chérissait, autour du lac de Nino, en Corse, du lac d'Allos, dans les Alpes, dans les gorges du Verdon et celles de la

Jonte. J'avais campé des semaines sur place, attendant de la voir surgir au milieu du décor. Ma mère n'était pas là. Une quatrième absence. Quatre = 6 lettres. Si je disparaissais moi aussi, cela ferait cinq. Cinq = 4 lettres. On rétrograde. Aucun intérêt. Il valait mieux travailler sur une présence hégémonique. Ne plus être là en étant partout. J'inventerais une forme d'ubiquité insoupçonnable. Être dans chaque être.

Un corps me frôla. Plongé dans mes pensées, je n'avais rien vu venir. La silhouette empâtée qui filait discrètement me rappela Choto, le geek bon enfant. Toute mon attention fut attirée vers le rideau de fer de Facefood. Il fallut attendre douze minutes avant qu'une autre silhouette me dépassât. C'était la championne de moellathon. Elle était sortie par la porte située après le rideau de fer, une entrée latérale qui communiquait certainement avec le fast-food. Les réunions de plus de quatre individus étaient interdites dans les lieux publics, qu'ils soient intérieurs ou extérieurs. Celle que j'avais surprise comptait au moins six ou huit personnes. Ils étaient obligés de prendre des précautions pour ne pas se faire repérer. Encore douze minutes et Dala, l'aigle, prit son envol. Je regardai ma montre, attendant de savoir qui serait le prochain fugitif. La silhouette gironde de l'infirmière apparut. Je fus happé par le chaloupé de ses hanches, qui, une fois de plus, étaient enserrées dans une jupe crayon au bord de l'explosion. J'attendis qu'une centaine de mètres nous sépare. D'un pas lent, silencieux, je la suivis à l'ombre des immeubles.

J'étais habillé de noir. Elle se dirigea vers la porte Dorée, dépassa la statue monumentale du nageur rouge, leva le nez vers celle d'Athéna, déesse de la sagesse et de la stratégie guerrière. Elle trônait, entre les palmiers, en haut d'une fontaine de marbre blanc. L'infirmière s'arrêta là, méditative, avant de fondre en larmes. Secouée de sanglots, elle se laissa aller à sa tristesse. La soudaineté de son émoi me bouscula. J'observai la scène, bouleversé. Sans que je me l'explique, quelque chose d'irrépressible monta en moi, une évidence. Si j'avais été en elle, j'aurais pu la consoler de l'intérieur, lui donner la force de tenir, de garder la tête haute. Quelle que fût la raison de son effondrement, j'aurais été un tuteur inébranlable, un soutien indéfectible. Elle n'aurait jamais été seule. Voilà ce qu'était une présence. Mais là, tapi dans l'ombre d'Athéna, j'étais impuissant. Il ne me restait plus que l'envie irrépressible et niaise de la prendre dans mes bras.

Elle entra dans une cabine de décompression et disparut derrière la porte coulissante. Ces cabines avaient remplacé les anciennes toilettes publiques de JCDecaux. Pour les besoins pressants, il y avait maintenant des toilettes sèches dans des cabanons de bois à l'entrée de chaque square.

Tapissés d'ouate, recouverts d'un molleton bleu nuit, parfumés à l'huile essentielle de lavande, réputée pour ses vertus anxiolytiques, les nouveaux isoloirs JCDecaux servaient d'exutoires aux personnes submergées par leurs émotions. Une boîte dite « à colère » était mise à disposition des passants. Ils y trouvaient un coussin dans lequel taper ou crier pour aider l'émotion à sortir. Une fois moins embarrassé par celle-ci, l'usager pouvait souffler dans une paille à usage unique afin de régulariser sa respiration ou malaxer une balle de jonglage le temps de recouvrer ses esprits. À côté de cette boîte à colère, un espace de lovage moulé dans une mousse à mémoire de forme permettait une détente en position fœtale. Ces cabines nécessitaient plusieurs heures d'entretien pour des raisons sanitaires évidentes. Comme il était impossible de demander à un citoyen submergé par ses émotions de se soumettre à un check-up complet, le ministère de la Santé avait opté pour un protocole de nettoyage drastique. Après chaque utilisation, les housses de coussin étaient changées, les larmes de colère, aspirées, les tentures, shampouinées. J'imaginais l'infirmière, silhouette crème noyée dans les coussins iris, ses pieds jouant avec les plis du tissu, ses larmes séchant au bord de ses lèvres. Peut-être que je n'aurais pas dû la choisir. Ferait-elle une bonne clé ? Je ressentais trop d'ambiguïté. Mon célibat me pesait, et je m'en rendais compte, là, sur le trottoir de terre battue, face à une cabine de décompression close.

J'allais m'en aller lorsqu'elle sortit. Elle marqua un temps d'arrêt, regarda autour d'elle, désorientée. Je me cachai derrière un palmier. Elle repartit d'une démarche légère. Nous étions seuls. Tel un automate, je lui emboîtai le pas. Elle suivit les rails du tramway le long des Maréchaux. Ensemble, et à distance respectable, nous montâmes et descendîmes de douces collines de bitume végétalisé, qui n'offraient aucun autre horizon que le bitume végétalisé lui-même. À intervalles réguliers, les herbes sauvages marquaient des sillons tracés dans l'asphalte. Les pneus à grelots de quelques voitures à propulsion hydraulique tintaient agréablement ; le son était atténué par le tendre duvet de verdure. Un jeune croissant de lune éclairait la promenade.

À la porte d'Ivry, elle bifurqua pour entrer dans Paris. Je continuai à la suivre entre les tours, mosaïques verticales de lumière, du bleu tungstène au jaune d'or. Je faillis la perdre sur les pavés de la place d'Italie, où, se sentant peut-être suivie, elle courut comme une jument à la crinière de feu. Je me trompais : elle arrivait chez elle. Excitée par cette proximité, elle avait détalé pour y parvenir plus tôt. Je notai son adresse au plus profond de ma mémoire : 4, villa des Gobelins.

Les pods pluggés dans le nez et les oreilles, je retournai à pas mesurés vers le XIIe arrondissement, chérissant l'intimité que je venais de vivre avec elle, coupé des sons et des odeurs de la ville.

5

Le lendemain matin, mon réveil fut sans heurts. Un citron pressé délayé dans de l'eau chaude me fouetta les entrailles. Exactement ce qu'il me fallait pour commencer cette journée. Il était 6 h 30.

Après une douche rapide, je commandai un taxi et me précipitai dans la rue en espérant que mon infirmière n'avait pas encore quitté son domicile. La voiture aurait pu avancer plus vite, mais la limitation de vitesse à vingt kilomètres/heure empêchait tout emballement. La ville était endormie. Les petits grelots des pneus tintaient. C'était lénifiant. J'aurais voulu me téléporter. Je jouais avec la boîte de mes airpods. Clic-clac. Clic-clac. Le chauffeur du taxi se retourna pour me jeter un regard agacé. Je me décidai, glissai les petits appendices de résine dans mes oreilles et programmai la bande-son de l'autoroute A86 en 1998, 14 h 47, enregistrée par Paul Mani, un ingénieur du son qui capturait les ambiances urbaines depuis toujours et avait assuré sa retraite en les revendant à Spotify.

Dans cette séquence, le trafic était fluide, les moteurs à combustion vrombissaient sur la chaussée, comme des vagues s'échouant sur le sable. Le son filait, ça allait vite alors que le Paris actuel défilait sous mes yeux au ralenti. Je fus pris d'un mal de cœur, comme si j'avais été assis dans un train immobile à côté d'un autre qui part. Je détestais cette sensation d'être emporté par le mouvement de l'engin mobile alors que l'on reste statique.

Enfin, la place d'Italie. Il était 7 h 30. Assis à la table d'un café à l'angle de la villa des Gobelins et de l'avenue du même nom, je pouvais observer les allées et venues des résidents. J'avais payé mon petit déjeuner à l'avance pour être prêt à bondir dans la rue dès l'apparition de l'infirmière. Le porridge aux figues et dattes séchées était délicieux. Sa tiédeur pâteuse donnait l'impression d'être bien au chaud sous une couette. Je le dégustais à petites cuillerées, laissant la préparation se dissoudre sur ma langue. Parfois, je devais mâchonner les morceaux de fruits secs, ce qui provoquait des décharges de sucre à dose exemplaire. Un thé vert torréfié accompagnait l'attente. Je regardais dans le vide. De mes airpods s'échappait une ambiance forestière. Branches qui craquent sous les pas d'un homme, feuilles froissées, envol d'un oiseau aux larges ailes…

Le fond du porridge était froid. Il était 8 h 45 et toujours rien. Je demandai un peu d'eau chaude pour rallonger le thé. Sur la vitre qui me faisait face, deux araignées blondes tissaient leur toile à l'unisson. Je ne savais pas que c'était possible. J'avais toujours cru que chaque arachnide œuvrait seul. Les choses avaient-elles changé ? Alors que la vie des hommes était à présent dénuée de collectif, celle des araignées en serait pourvue ? Je les observais se balancer au bout des fils de soie. Heureux accident : l'une tomba sur l'autre. Elles dansèrent ensemble au rythme du vent, avant que la première (celle qui était tombée) réussisse à s'accrocher enfin à une surface poreuse ; elle remonta le long de la vitre et revint se poster sur la toile. De là, elle aspira le fil à l'intérieur de son abdomen et emporta avec elle sa comparse qui, toujours joyeuse, se balançait dans le vide. Elles se collèrent l'une à l'autre avant de se propulser, chacune de son côté, à une distance plus respectable.

Alors la silhouette apparut : tailleur beige, cheveux tirés en chignon, petits talons couleur sable. L'infirmière partait au travail. J'abandonnai mon poste d'observation, dis au revoir aux araignées et sortis dans la rue, l'air de rien. Il était 9 h 37. Nous étions mercredi. Elle se dirigea vers une station de vélos en libre-service, en enfourcha un avec souplesse, malgré la jupe. Je la laissai prendre de l'avance et fis de même. Ma dernière pratique sportive était lointaine. Mes genoux craquèrent au premier mouvement de pédale. L'avenue des Gobelins descendait vers l'esplanade Léo-Hamon. Porté par le vélo, je glissais sur la route. Le vent filant dans mes cheveux caressait aussi mes joues. Je sentis mes pommettes saillantes s'égayer sous l'action de l'air frais. Les airpods diffusaient maintenant une musique andine, assez guillerette. La chevelure opulente de l'infirmière volait. Elle traçait un sillage imaginaire que je ne quittais pas des yeux. Ma bouche s'ouvrit d'elle-même, comme pour la gober. Le souffle de la ville s'y engouffra, régénérant toutes mes cellules dans une bourrasque inattendue. Je fus étourdi, fermai les yeux. Elle avait disparu. À gauche ? À droite ? Je m'arrêtai, réfléchis. Elle était infirmière. Elle se dirigeait donc vers un hôpital. Je tournai à droite. Cochin n'était pas loin. Je redoublai d'efforts, quitte à faire couiner les pédales, et retrouvai sa trace sur le boulevard de Port-Royal. Elle allait garer son vélo. Prisonnière de sa jupe crayon, elle glissa de la selle en diagonale vers l'avant gauche et atterrit sur la pointe de ses chaussures sable, telle une gymnaste sautant de sa poutre.

Je haletais. Manque d'endurance notable. Curieusement, le sac de provisions qu'elle avait déposé dans le panier du vélo m'avait échappé. Elle le prit et, à petits pas claquants, entra dans l'hôpital. La porte vitrée se referma derrière elle. Dans mes oreilles, Philip Glass était dramatique. Qu'allais-je faire, à présent ? Il était 9 h 54.

Je décidai de pédaler à mon allure jusqu'à la maison et de revenir le lendemain à la même heure villa des Gobelins.

Les jours se succédèrent. Je me levais plus tôt, enfourchais un vélo en bas de chez moi, profitais de la brise printanière qui jouait encore avec mes cheveux, mes poils de barbe, glissait sur les bords de mes oreilles, affûtait mes joues. C'était comme le bonjour d'une mère prête à vous laisser faire votre vie. Mon souffle était de plus en plus régulier. À la vue de la silhouette compressée dans son tailleur, je ne suffoquais plus. J'aimais ce nouveau rythme de vie qui m'éloignait des bombances matinales habituelles.

Le mercredi suivant, l'infirmière ne se leva pas. Réfugié dans le café d'en face, j'attendis longtemps. J'écoutais un podcast sur le vore, ce fantasme sexuel qui consiste à s'imaginer englouti par la personne que l'on désire. La nostalgie du ventre maternel m'apparaissait comme une explication évidente pour ce genre d'obsession. Ne plus rien voir, ne plus rien sentir. Entendre, protégé par le filtre utérin ; toucher une cavité muqueuse pleine d'eau. Ces sensations régressives et enveloppantes étaient soulignées par un montage sonore intelligent. Il évoquait l'absence de violence et d'effusion de sang, la simple disparition au sein du corps aimé. Disparition ou apparition dans le corps de l'autre ? L'image de l'infirmière sanglotant sous les palmiers me revint avec force.

Le serveur posa le porridge devant moi. Je n'entendis pas le claquement du bol sur le marbre de la table. Cette fois, il était agrémenté de quelques fraises fraîches. Le mouvement de la cuillère plongeant dans la préparation fit couler les fraises dans le magma crémeux, comme la grand-mère du Chaperon rouge dans le ventre du loup. L'infirmière était là, tirant un grand panier d'osier à roulettes derrière elle. Je ne la reconnus pas du premier coup. Elle portait une robe longue en crêpe de coton rose pâle. Boutonnée de haut en bas, celle-ci dessinait un décolleté sage sur une poitrine ronde aux tétons espiègles. Cela me rappela un détail de la *Victoire de Samothrace*, le drapé mouillé qui dévoile le nombril de la femme. Je me ressaisis, payai comptant et sortis. Elle marchait d'un bon pas. Toujours prudent, je me tenais quelques dizaines de mètres derrière elle, me laissant guider par les pans de sa robe qui chaviraient de la gauche vers la droite, puis de la droite vers la gauche. Les sons de matrice glougloutaient sur le voile de mes tympans. Je retirai mes airpods. Les grelots des voitures et la fontaine toute proche émirent une musique que je n'avais jamais entendue jusqu'ici ; une harmonie douce et surprenante qui persista, telle une image rémanente, sur la partie supérieure de mon lobe temporal. Arrivé place Monge, j'entendais encore l'eau propulsée dans les airs par un jet, les gouttes retomber dans le bassin. Pourtant, le marché grouillait de monde. Les primeurs criaient le prix de leurs fruits et légumes. Quelques enfants couraient entre les jambes et les paniers. Sonné par le brouhaha, je tentais de repérer le drapé rose pâle. Il s'agitait, lui aussi, devant l'étal d'une dame assez âgée.

Visage de pomme ridée, sourire bienveillant, mains usées par le travail de la terre, la paysanne avait disposé devant elle de la rhubarbe aux tiges rubis, des bulbes de fenouil aux sommités évanescentes, un tas de fèves velours, des fraises aux joues piquantes, des asperges blanches, parfois violacées, épaisses comme des braquemarts, des petits pois cachés sous leurs cosses, des feuilles d'épinard vert sombre. Derrière la vieille, laissées dans un grand vase de fer-blanc, des pivoines rose pâle rappelaient la tenue de ma proie, caressaient l'air de leurs pétales veloutés.

Le crêpe de coton de la robe s'immobilisa. Je me postai derrière la silhouette tendre, prétendant attendre mon tour. Sa voix, caillou contre caillou, émit un bonjour poli. La vieille dame lui servit une livre de petits pois, une botte d'asperges, un kilo de fraises et quatre tiges de rhubarbe. L'infirmière hésita et demanda un bouquet de pivoines. Alors qu'elle rangeait ses courses dans le panier d'osier à roulettes, elle lutta un peu avec les fleurs, qui ne voulaient pas y rester. Je commandai au hasard trois tiges de rhubarbe tout en avouant que je ne savais pas trop comment les préparer.

L'infirmière se tourna vers moi et dans un sourire me livra sa recette :

— Oh ! c'est simple. Enfin, moi, je n'aime pas la rhubarbe dans les desserts. Je l'utilise surtout dans mes sauces de salade à l'asiatique. Vous la coupez en deux. Vous enlevez bien les fils, évidemment, comme pour une branche de céleri. Puis vous la coupez en lamelles très fines, l'idéal serait d'utiliser une mandoline si vous en avez une.

— Oui, oui. J'en ai une qui ne me sert jamais. Ça serait l'occasion.

— Voilà, très bien. Une fois qu'elle est émincée, vous la faites mariner dans du jus de citron, un peu de nuoc-mâm, du sucre, un petit piment coupé en deux si vous n'aimez pas quand c'est trop relevé. Pour le gingembre et l'ail, vous les écrasez à la main et puis vous hachez menu. Je rajoute parfois un peu de vinaigre de riz ou du mirin, selon ce qui reste dans le placard.

— C'est élaboré, quand même.

Ma voix avait déraillé comme si j'étais en pleine mue. J'étais surpris de la facilité avec laquelle l'abordage s'était déroulé. Je pouvais être fier de la subtilité de ma technique : laisser venir la proie à moi. La patronne de Duluc m'aurait certainement félicité.

— Mais non, vous verrez, c'est très simple. Ensuite, vous pouvez faire un petit tourteau émietté, vous versez la sauce dessus, quelques feuilles de coriandre. C'est beau et c'est frais. La rhubarbe joue à merveille son rôle caustique, vous ne serez pas déçu.

— Pour quelqu'un comme moi qui cuisine peu, ça fait beaucoup.

— Cuisiner vient en cuisinant !

— Facile à dire quand on sait déjà faire.

— Tenez, réglez votre rhubarbe et venez avec moi.

Je donnai trois euros à la vieille dame, la remerciai et rejoignis l'infirmière.

— Vous savez, je suis persuadée qu'on donne le goût de la cuisine aux gens en leur mitonnant des bons petits plats et en leur expliquant comment ils ont été faits. Je me suis découvert cette passion sur le tard. Mais je suis convaincue de la nécessité de la partager.

— Ah bon ? Vous tenez un restaurant ?

— Vu toutes les réglementations, ça serait invivable. Non, je cuisine chez moi. J'ai commencé par distribuer les plats à mes proches avant d'élargir un peu mon cercle.

— À vos amis ?

— Oui. Et à d'autres.

— C'est-à-dire ?

— Vous avez fini vos courses ? Suivez-moi. On va dans un lieu plus calme.

Après nous être éloignés de quelques centaines de mètres, nous nous retrouvâmes devant les Arènes de Lutèce. Et elle reprit :

— Je pense que je ne risque pas grand-chose à vous confier ceci.

Elle me tendit un papier crème plié en quatre. Je le dépliai. En Garamond light, l'en-tête annonçait « Cece@home ». En dessous : « Menu du 22 au 29 avril. Velouté de petits pois, lait d'avoine, orge torréfié. Fenouil rôti en cocotte avec des pommes de terre nouvelles, romarin, citron. Et, en dessert, une simple salade de fraises à la menthe. » La recette de chacun de ces plats était décrite avec les petites astuces et les anecdotes sur les produits. C'était très complet. Je regardai l'infirmière sans savoir quoi dire.

— Un restaurant à domicile ?

— Oui, mais pas chez moi. Chez vous. Je livre les repas dans des points relais établis à l'avance avec mes clients. Ils viennent les chercher douze minutes après le dépôt pour que les drones ne puissent pas faire le lien entre nous.

— Mais pourquoi me confiez-vous cela ? C'est dangereux.

— Peut-être que j'aime jouer avec le feu ? Que je m'ennuie ? Non. Je vais vous confier quelque chose qui me placera dans une situation encore plus risquée. Il y a une dizaine d'années déjà, j'ai refusé la société dans laquelle nous vivons. Malgré cela, je reste tiraillée entre l'amour de mon métier, je suis infirmière, et mes convictions. Alors je continue à être une bonne citoyenne, mais pour me sentir libre je prends le parti de faire confiance à certains inconnus, ceux dont la gueule me plaît bien. Ça peut vous paraître kamikaze. Pourtant, je ne crois pas qu'un individu puisse dénoncer ce trop-plein d'humanité. Qu'en pensez-vous ?

Elle était sûre de son effet, les yeux plantés dans les miens. Sa franchise m'effrayait et m'émerveillait à la fois. Ma gorge picotait, mais je réussis à susurrer une réponse complètement hors de propos qui me sembla être prononcée par un autre :

— Ça me met l'eau à la bouche.

Elle rigola avant d'entamer avec vigueur un speech digne d'une responsable marketing.

— C'est bien ce que je pensais. Si vous voulez passer commande, vous pouvez m'écrire à l'adresse de messagerie autodestructrice indiquée en bas du papier. Vous trouverez le menu suivant dans le repas qui vous sera livré. Et, si pour quelque raison que ce soit vous ratez une semaine, vous pouvez m'envoyer un nouveau mail. Je vous livrerai le même jour, à la même heure, au même point relais que la fois d'avant.

— Excusez-moi. Je ne suis pas familier des messageries autodestructrices.

— Vous ne savez pas ce que c'est ?

— Non.

— Eh bien, c'est comme une boîte mail dans laquelle je reçois vos messages. Une fois que je les ai lus, ils s'autodétruisent dans nos deux boîtes mail. Je ne peux pas y répondre. Ainsi, je ne garde aucune trace de vous. Je note votre commande sur un carnet dont je brûle les feuilles toutes les semaines.

— Vous êtes très organisée.

— C'est pour notre plaisir et notre sécurité à tous.

— Merci beaucoup. Au revoir, Cece.

— Ça se prononce Tchétché.

Je murmurai « Tchétché » comme si je suçotais un berlingot au melon. Cela dut en dire plus long que je ne le voulais, car elle sourit avec connivence, découvrant des dents superbes. Sa canine gauche chevauchait l'incisive voisine, ce qui avait pour effet de retrousser sa lèvre de façon asymétrique. Je n'avais plus rien à dire.

Elle me tapota sur l'épaule en me glissant un « j'attends votre message autodestructeur » et disparut. Nous étions mercredi 21 avril, il était 12 h 07. J'étais seul, rhubarbe à la main, dans le virage que forment la rue de Navarre et la rue des Arènes, face à une poubelle.

6

Plusieurs semaines passèrent. Rdc m'avait conseillé de prendre le temps qu'il faudrait pour mener à bien l'enquête. Mon rédacteur en chef me faisait enfin confiance. Il m'avait pourtant répété sur tous les tons que je n'avais aucune aura d'« influenceur », que je n'avais aucune envergure médiatique par rapport aux autres chroniqueurs gastronomiques, qui, « eux, étaient suivis par le lectorat ». Combien de fois m'avait-il dit que mon rôle était de soutenir la politique du gouvernement par mes prescriptions ? Il m'avait considéré comme un planqué, indigne d'avoir sa carte de presse, mais j'avais fait tourner le vent. Aujourd'hui, Rdc suivait *ma* prescription. Et j'étais plein de reconnaissance vis-à-vis de sa reconnaissance. Il n'était plus ni hypocrite ni condescendant. Enfin, il me parlait comme on parle à un homme.

Néanmoins, je me sentais comme sur cette photo que j'avais accrochée dans ma chambre à l'adolescence. Sur le cliché, j'avais deux petites années. J'étais assis dans un manège d'avions. Sur le mien était écrit au pinceau, en lettres déliées, « Petit Prince ». C'était un biplan censé copier l'engin dans lequel volait Saint-Exupéry. Vêtu d'un sweat-shirt rouge, j'agitais la main vers le lointain. Bouche ouverte, je semblais crier « Papa ! ». En arrière-plan, mon père, en veste de gabardine bleu ouvrier, se tenait mains dans les poches, sourire aux lèvres et yeux brillants. Il venait de relever la tête pour me regarder prendre mon envol. Ma mère avait réussi un coup à la Doisneau. Attentive, elle avait capté en un clic l'attention que me portait mon père et celle que je lui demandais. La preuve était punaisée au mur : nous avions été une famille unie.

Je n'avais aucune nostalgie de cette harmonie. Il m'avait fallu avancer sans, et aujourd'hui j'étais arrivé. Grâce à la confiance de Rdc, je basculais du côté des détendus, ceux auxquels on a délivré un permis de voler. Alors que j'étais face à l'article le plus important de mon existence, je profitais d'un nouveau rythme de vie sans trop me soucier du travail. Je me sentais mieux que jamais.

Tous les matins, je partais de chez moi à vélo pour être à 9 h 30 villa des Gobelins. J'accompagnais Cece à distance jusqu'à l'hôpital, puis je rentrais chez moi m'occuper des plantes. J'écrivais un peu, faisais une sieste, commençais à préparer le dîner aux alentours de 17 heures. Vers 20 h 30, je me glissais dans mes draps avec un bon livre en attendant le lendemain. Tous les mercredis à 12 h 19, j'allais chercher mon repas, caché dans une boîte derrière la poubelle où elle m'avait abandonné la dernière fois, au virage de la rue de Navarre et de la rue des Arènes. Je m'installais sur les marches de l'amphithéâtre gallo-romain pour le savourer. Je lisais avec tendresse les petits mots qu'elle ajoutait à la main sur le menu. « Bon appétit » ; « Un petit concombre pour plus de croquant dans votre vie » ; « Le Fontainebleau, comme une caresse ». J'imaginais qu'ils étaient autant de réponses aux messages autodestructeurs que je lui envoyais chaque semaine. Car je ne me privais pas d'ajouter à ma commande hebdomadaire des haïkus printaniers, parfois même des poèmes inspirés de son menu.

Un mercredi, je dégustais la première salade de tomates de la saison, assis en silence sur les blocs de calcaire des Arènes de Lutèce. Mes nosepods étaient rangés dans leur boîte. Je les enlevais toujours à table. Il m'aurait été impossible de bien analyser les goûts avec. Les airpods, eux, diffusaient les sonates de Bach jouées par Glenn Gould. Absorbé par la résistance de la peau du fruit qui empêchait la chair de se déliter trop vite, je ne m'aperçus pas tout de suite de sa présence. Elle s'était assise à un petit mètre de moi, le dos droit, la nuque courbe. Je vis quelque chose bouger dans mon champ de vision. Elle relevait ses cheveux en un chignon lâche. Je la regardai au moment où elle caressait sa canine vrillée avec sa langue. Son sourire asymétrique, puis sa voix rocailleuse. Autant d'aspérités auxquelles s'accrocher.

— Ça fait un petit temps que je vous observe. Vous êtes sérieux lorsque vous mangez.

Je finis de mâcher en hochant la tête positivement, coupai la musique.

— Vous avez l'air d'entretenir une relation très particulière à la nourriture…

Je me lançai, non sans un frisson.

— C'est que… j'écris sur la cuisine depuis des années, maintenant.

— Ah ! c'est donc ça ! Vos poèmes sont d'une sensibilité déroutante. Je ne m'étais jamais figuré ma cuisine ainsi.

— Merci. Mais ça fait longtemps que vous êtes là ?

— Tous les mercredis depuis que nous nous sommes rencontrés.

J'étais interloqué. Elle en rigola. Puis elle me raconta qu'elle avait été charmée par mes balbutiements, que je ne sois pas si sûr de moi du haut de mes deux mètres. Je corrigeai : « un mètre quatre-vingt-treize ». De nouveau, son rire. Cailloux qui dévalent un petit torrent. Bref, je l'avais intriguée. Elle voulait me proposer quelque chose. Elle me parla de ce qu'elle nommait les B.A., les Bouffeurs anonymes. Enfin, elle évoquait devant moi et sans équivoque l'existence de ce groupe de parole.

Une personne était entrée en contact avec elle via « Cece@home ». Elle avait un jour reçu un message autodestructeur d'un certain Louis Péri qu'elle n'avait jamais rencontré en réel. Jusque-là, elle proposait ses services à des gens qu'elle connaissait : des collègues, des amis, des amis de ses colocataires, de sa famille. Contrairement à son habitude, elle avait commencé par se méfier. Mais le message était d'une consistance si particulière qu'elle n'avait pu s'empêcher de le lire. Des phrases lourdes de sens dansaient devant ses yeux :

« Nous nous sentons incomplets lorsque nos assiettes, frigos, casseroles ou smartphones sont vides de toute référence alimentaire.

« Pour éviter de nous sentir vulnérables, nous irons peut-être jusqu'à éviter tout contact avec la nourriture, confondant ainsi l'anorexie avec notre rétablissement.

« Nous prêtons à la nourriture des pouvoirs magiques. Nous l'idéalisons en pensant qu'elle pourra nous redonner une identité propre.

« Nous nous servons de la nourriture pour compenser notre manque d'estime de soi, de dignité et de soutien.

« Si la lecture de ces caractéristiques vous a fait comprendre que vos comportements alimentaires et/ou gastronomiques ont quelque chose de suspect, sachez que vous n'êtes plus seul. Beaucoup d'entre nous ont vécu des schémas de dépendance mis en évidence par ces questions et trouveront le rétablissement auprès des Bouffeurs anonymes, lors de réunions clandestines. »

Elle interrompit son récit et me fixa comme pour savoir si je m'étais reconnu. Je clignai des paupières et lui enjoignis de continuer.

Suivait une série de trente-cinq questions pour établir son propre diagnostic. Je lui demandai de m'en citer quelques-unes afin de déterminer si je pouvais me considérer comme bouffeur anonyme. Un peu comme une voyante, elle me transperça d'un regard bienveillant et récita :

— Avez-vous eu des pratiques alimentaires à des moments inopportuns, dans des lieux inappropriés ?

— Vous connaissez ces questions par cœur ?

— Pensez-vous que manger à outrance, en quantité, mais aussi en qualité, rend la vie plus supportable ?

— Vous êtes la recruteuse du groupe ?

— Vous sentez-vous comme une marionnette inanimée si vous n'êtes pas allé dans les derniers restaurants à la mode ou si vous n'avez pas eu de conversation sur la nourriture ou de relation directe à celle-ci (sans avoir faim) dans les dernières vingt-quatre heures ?

— Suis-je le premier que vous approchez ? Vous avez l'habitude de faire ça !?

Une cascade de rires vint contrer mon interrogatoire. La tête en arrière, la gorge à nu, les paupières closes, elle semblait se réjouir pour l'éternité. Lorsqu'elle balança à nouveau son visage vers moi, il était à la fois tendre et sérieux.

— En ce qui me concerne, je me suis sentie visée à la lecture de ces trois questions : ressentez-vous le besoin de cacher vos pratiques alimentaires à votre entourage (amis, famille, collègues…) ou au contraire de les surexposer ? Êtes-vous complètement euphorique ou complètement déprimé après un repas ou la découverte d'un plat, d'un restaurant ? Et : vous est-il arrivé de menacer ou de détruire une relation amoureuse ou amicale sérieuse par des activités alimentaires déplacées ?

Sans répondre à mes questions inquiètes, elle me raconta la suite de ses aventures. La personne qui lui avait envoyé le fascicule n'avait laissé ni nom ni adresse où la contacter. Cece avait dû attendre de recevoir un nouveau message pour en savoir plus. Elle avait eu le temps de réfléchir à ce qu'elle ferait : elle irait aux réunions à la condition qu'on l'y invite. Son désir était ambigu. Elle voulait être entourée de gens comme elle pour partager son amour de la bonne bouffe, mais elle avait aussi conscience que ses pratiques étaient illégales et qu'il fallait corriger ça.

En groupe, il serait peut-être plus facile de retrouver un chemin plus conventionnel. J'acquiesçai.

— Une fois de plus, j'étais certaine que vous seriez intéressé !

Je rigolai, soulagé, en lui demandant s'il était difficile d'intégrer ce groupe de parole. Elle tiqua.

— Mais comment savez-vous que c'est un groupe de parole ?

Gêné, je répondis que c'était le nom qui m'y avait fait penser.

— Bouffeurs anonymes, Alcooliques anonymes… Ça doit être un peu pareil, non ?

Oui, c'était exactement pareil. Elle l'avait découvert après avoir reçu un deuxième message de son interlocuteur mystère. Il lui avait donné rendez-vous à l'un de ses points relais, près du parc de Choisy. Et, pour une fois, elle n'avait pas eu à déposer de panier-repas, mais elle avait trouvé une boîte contenant un petit papier qui lui donnait rendez-vous dans un fast-food sur le boulevard Soult, le mardi soir à 21 heures.

— Je m'y suis rendue, et… depuis je ne pourrais faire sans. Vous devriez venir aussi.

Elle avait parlé de moi au reste du groupe, des observations qu'elle avait accumulées ces six dernières semaines, de cette manière d'exprimer mon amour pour la nourriture, de ma façon quasi religieuse de ranger mes nosepods dans leur boîte avant d'ouvrir le panier-repas, de cette manie que j'avais d'approcher la première bouchée d'un plat de mon nez avec le regard circonspect, comme si je voulais deviner, dans une simple respiration, à la fois les épices et la technique qui avaient mené au résultat final. Ils avaient voté oui, à l'unanimité.

Je me sentais honoré d'avoir été ainsi élu. Je le lui confiai.

— Je te comprends, dit-elle en penchant la tête vers moi comme si elle allait la poser sur mon épaule, à un mètre de distance.

7

Rdc m'avait félicité. Il ne m'avait donné aucun conseil, avait juste précisé que, pour cet article, je serais payé au forfait et pas au nombre de signes puisqu'il s'agissait d'une enquête. Passé le frisson de fierté, j'en avais déduit que je devais continuer à faire selon mon instinct, sans compter les heures. Je vivais donc cette semaine d'attente comme les précédentes. Réveil avec le soleil, villa des Gobelins, hôpital Cochin, retour à la maison, jardinage, déjeuner frugal, sieste, écriture, préparation du dîner, lecture, coucher avec le soleil. Je notai un seul écart dans cette routine. Cece pédalait plus lentement pour aller au travail. Moins concentrée que d'habitude, elle ne démarrait plus en trombe à chaque feu vert, regardait autour d'elle, parfois même se retournait vers moi. J'étais assez loin pour qu'elle ne me repère pas. Mais c'était comme si elle sentait ma présence. Ou qu'elle la désirait. À moins que ce ne fût moi qui la désirasse.

Le mardi arriva plus vite que je ne m'y étais préparé. Je n'avais pas envie d'être parfait. J'avais décidé de ne pas mentir, d'omettre peut-être par endroits, mais j'étais persuadé qu'il valait mieux me raconter tel que j'étais. Mon parcours parlait pour moi. Cece l'avait reconnu, j'étais un bouffeur anonyme. J'avais besoin d'aide, et cela justifiait ma présence au sein du groupe. Dévoiler mes faiblesses me donnerait la force d'écrire l'enquête. La perspective d'un retour à une vie plus équilibrée, une forme de guérison, et la publication d'un article de grande envergure, une forme d'élévation, étaient deux arguments de taille qui m'aideraient à ne pas ressentir de culpabilité devant le groupe. Il fallait que je les utilise pour arriver à mes fins.

À 21 heures pile, Cece m'attendait devant le rideau baissé du fast-food. Nous entrâmes par la porte latérale de l'immeuble. Son odeur sirupeuse emplit le couloir. Elle fit deux pas, s'arrêta net, introduisit une clé dans une serrure. Ils étaient tous là, tous ceux dont je connaissais déjà l'histoire et qui allaient découvrir la mienne. Ils se tenaient debout, en arc de cercle autour de Louis Péri, tel un chœur soutenant le soliste. Une lampe de camping posée au sol illuminait leurs pieds. Leur visage baignait dans la lumière du menu rétroéclairé en plastique propre qui exhibait les sandwichs phares en sourdine. Malgré la pénombre, le Radical restait le plus alléchant. Il était rare de trouver du poisson dans ce genre de lieu. Les tables, poussées sur le côté, laissaient exploser l'éclat du carrelage immaculé.

Louis nous invita à nous asseoir. Nous prîmes place sur les chaises en plastique rouge, qui formaient un cercle parfait. Nous étions au nombre de huit. Cece s'assit à côté de moi, Louis Péri, en face. Il souhaita la bienvenue à tout le monde et plus spécifiquement à moi. D'une voix grave et ancrée, il entama la séance :

— Bonjour, Toma. Bonjour, tout le monde. Comme nous l'avons décidé la semaine dernière, Toma, nous t'accueillons aujourd'hui dans le groupe des Bouffeurs anonymes. Je connais ton travail. Je te lis régulièrement. Tu as besoin de nous. Ta simple présence parmi nous, aujourd'hui, en atteste. Tu aurais pu ne pas honorer le rendez-vous. Tu aurais pu prendre peur. Tu aurais pu nous signaler aux autorités. Auquel cas, nous avions mis au point un plan de fuite. Tu pourrais avoir l'envie d'écrire sur nous. Mais je vois dans ton regard que ton intention est sincère. Tu viens chercher la même chose que nous : un soutien pour te sortir de ta condition. Tu ne veux pas te sentir déviant dans une société dont tu admires le principe d'austérité. Tu es tiraillé en étant ici, n'est-ce pas ?

Je hochai la tête.

— Tu penses que partager ton expérience te permettra de te défaire de tes mauvaises habitudes alimentaires. De t'en libérer ?

— Oui.

— Tu penses que venir ici t'aidera à mieux t'intégrer dans l'époque que nous vivons ?

— Oui.

— Que cela t'aidera à socialiser avec nous, mais surtout avec d'autres personnes qui ont une vie plus équilibrée que la nôtre ?

— Oui.

— Oui, peut-être qu'en partageant nos troubles nous pourrons leur dire adieu. Notre but est de nous délivrer de nos pratiques alimentaires déviantes, afin de respecter au mieux les principes politiques de Nbdspø. Nous nous cacherons, tant que nous ne serons pas guéris, afin de ne pas être inquiétés par les autorités. Aidés par le programme de reconditionnement des B.A., certains d'entre nous effleurent la libération. Mais le chemin est long. Nous butons parfois contre des obstacles. Ça arrive. Rassure-toi. Nous avons tous le droit à la rechute. Et cela ne peut être un argument d'exclusion. Une fois admis dans le cercle, tu fais partie d'un tout. Tu pourrais avoir envie d'en sortir. Mais nous serons toujours là les uns pour les autres. Cela te semble-t-il acceptable ?

Je n'osais pas poser de questions. Je me contentais de répondre oui à toutes ses assertions. Ça n'était pas seulement la crainte d'être démasqué qui me faisait hocher la tête. J'étais subjugué par le personnage.

Il était pourtant habillé d'un ensemble de jogging noir et d'une paire de Converse jaunes. Des vestiges de son port altier et de sa verve puissante soulignaient les cernes de son visage cireux. La densité de celui-ci, gage de bonne santé il y a encore peu, ne faisait que renforcer l'impression d'empâtement généralisé. Sa chevelure sauvage était maintenant parcourue de vagues poivre et sel. Malgré cet élan capillaire assez romantique, on voyait sans effort qu'il courait vers une fin de vie proche. La dépression, peut-être ? Il n'avait que cinquante-deux ans. Ces failles assumées lui donnaient un air souverain.

Il relut les principes fondateurs du groupe, dont l'essentiel réside dans la bienveillance vis-à-vis du témoignage de son prochain. On ne coupe pas la parole, on ne se compare pas à l'autre, on évite le « moi, je », on ne pousse personne à parler.

Pour ma première séance, je restai silencieux. J'écoutai l'histoire du hacker amateur de burgers de haricots rouges. On devinait à peine les contours de son corps informe. Seul se distinguait son visage à la peau diaphane, animé par un regard malicieux et une voix de stentor. Il en jouait pour faire rire l'assemblée. Il semblait décontracté lorsqu'il évoquait avec nostalgie son chemin de croix allant des années deux mille à nos jours. Celui-ci était pavé de wraps au poulet OGM, de potatoes au paprika, de burgers à la viande sèche, de sauce barbecue, et parfois (pour la bonne conscience) de salade iceberg nappée de vinaigrette épaisse comme du mucus.

Il avait l'art de la formule. Pourtant, lorsqu'il prenait la parole, une odeur de stress mal contrôlé émanait de son volume adipeux. Sa timidité maladive l'avait mené dans les fast-foods anonymes, où la solitude passait inaperçue. Les couples muets qui s'évitaient du regard le scannaient avant de dériver vers des groupes de jeunes gens bruyants dont ils ne comprenaient plus le langage. Pendant ce temps, il maltraitait l'écran de son téléphone. Tout le monde pensait qu'il regardait les vieux épisodes de *How I Met Your Mother*. Erreur. Il lisait les messageries instantanées des jeunes filles qui papotaient à côté de lui. Il se nourrissait à la fois de leurs écrits et de leurs conversations à voix basse : chuchotis susurrés.

Il apprenait alors comment se construit la sensualité, l'envie des premières caresses, la témérité de ces adolescentes à la voix encore naïve, leurs prises de risques. Elles n'hésitaient pas à faire le premier pas. Il se plaisait à penser que, s'il les avait rencontrées à l'époque de ses quinze ans, il ne serait plus ce qu'il était encore aujourd'hui. Tout cela, il osait le déballer devant « le cercle » car il ponctuait son récit d'ingestions comiques, et répétées, de « sandwichs de la frustration ».

Il leur avait donné ce nom. Je restais assez insensible à l'autodérision introspective de cet homme, bien que son récit me parût symptomatique d'une époque. Ce soir-là, il prit toute la place, et la séance se finit avec lui. Personne n'en avait l'air chagriné. Au contraire, tous semblaient heureux qu'il soit allé au bout de son histoire. Peut-être se retenait-il depuis plusieurs semaines ? Certains l'avaient même parfois encouragé quand il bégayait. J'avais tenté de mémoriser chaque détail de son récit, ses mimiques, les réactions des autres. Tout le monde se leva en se souhaitant une « chouette abstinence ». Applaudissements.

Puis, dans un mouvement harmonieux et le silence le plus total, nous rangeâmes la salle du fast-food. Les gourdes d'inox frappant contre les pieds des chaises rythmaient le début du ballet avec des accords dissonants, métal contre métal. Les chaises sortaient du décor pour laisser entrer les tables. Puis elles réapparaissaient autour des plateaux rectangulaires rouge vif sur lesquels se posaient les distributeurs de serviettes, rutilants, chromés. Les bidons à poussoir remplis de sauce trouvaient leur place sur les tables. Tout était comme d'habitude. Le groupe s'aligna derrière le comptoir tandis que Louis dénouait ses lacets avec délicatesse. Il passa derrière nous, déposa ses chaussures avant de disparaître dans l'arrière-cuisine. Il revint, un seau dans la main gauche et un balai coiffé d'une serpillière dans la main droite. Il le plongea dans le seau. Le solo commença. Le tissu humide ondulait, voluptueux, sur le carrelage suivant l'impulsion donnée par les bras vigoureux et néanmoins tendres du chef. La courbe de son échine dessinait une ligne indolente qui contrastait avec la raideur du manche à balai. Les pas étaient amples, comme des chassés exécutés au ralenti. Un peu de fumée s'échappait du seau. Elle suggérait une température élevée, mordant peut-être les mains de Louis lorsqu'il les plongeait dans le récipient. Il en ressortait le tissu épais, dont il extrayait une eau gris perle. Elle était fumante, elle aussi. Mais l'ex-cuisinier ne semblait pas meurtri par la chaleur. Au contraire, la douceur de son regard rappelait celle de son geste : une lente caresse prodiguée avec soin à la totalité du lieu. Le sol brillait maintenant d'un éclat incisif. Louis se releva et s'éclipsa dans la cuisine, sur la pointe des pieds. Le seau et le balai qui laissait maintenant voir ses poils en brosse équilibraient sa marche fragile : corps massif sur frêles orteils.

Après avoir nourri la bande sonore d'ablutions faites avec vigueur, il revint, toujours en chaussettes et sur la pointe des pieds, armé de billets de vingt euros. Il les glissa méthodiquement sous chaque bidon de sauce. Il avait dû se mettre d'accord avec le gérant du fast-food pour payer un certain prix en espèces et convenir avec lui d'une planque. Un dernier coup d'œil à la salle. Les traces de ses pieds s'étaient estompées. Ses Converse l'attendant près de nous, il les enfila, enclencha un minuteur, tapota sur l'épaule du premier de la file, qui s'éclipsa par la porte cachée à la gauche du bar. Douze minutes plus tard, le deuxième put sortir à son tour. Cece était la troisième. J'étais le dernier avant Louis. Lorsque je me retrouvai dehors, je cherchai le tailleur beige dans l'ombre du boulevard Soult. Il était désert. Je tournai à gauche vers la rue André-Derain.

e

Je ne suis plus le même homme. Depuis que j'écris sur les B.A., chaque cliquetis de clavier ajoute une pierre à mon édifice intérieur. Le son des touches qui se courent les unes après les autres sans s'essouffler raconte une histoire parallèle à celle qui sera publiée. C'est celle de ma seconde naissance. Enfin, je viens au monde. Ma mère n'est plus là pour en attester, mais je m'en fous. Je suis un et entier, autosuffisant dans mon âme et dans mon corps. Je ne suis plus voûté sur mon écran. Lorsque je respire, je sens une colonne d'air massive habiter mon abdomen, ma cage thoracique, mon crâne. Je suis un chêne, planté à la juste place. Je ne trahis ni la société, ni mes amis les B.A., ni moi-même. Je suis l'intersection où chacun prendra conscience du chemin qu'il doit parcourir. L'article que je viens de finir sur les B.A. leur ouvrira les yeux à tous.

Je suis l'homme qui murmure à l'oreille de Nbdspø. Après ce que j'ai écrit sur lui, nos échanges, notre rencontre, il lira mon scoop. Il comprendra. J'en suis certain. Il comprendra que cela ne sert à rien d'être coercitif. Il apprendra grâce à mon texte qu'il peut faire confiance à son peuple pour s'autoréguler, que l'intelligence est partout, même dans la déviance. Les B.A., eux, s'apercevront de la vanité de se cacher pour nourrir cette colère injustifiée que je ressens chez eux depuis quelques semaines. Ce groupe de parole a failli devenir un groupuscule politique, mais je vois que l'on peut continuer à leur faire confiance. Une fois qu'ils auront rencontré le président par mon entremise, ils sauront que la rédemption est possible. Le gouvernement est capable de les entendre, de s'adapter à leur mal-être, de les accompagner. Je jouerai le rôle de médiateur entre les B.A. et Nbdspø. Je leur proposerai cette idée après la parution de l'article. Plus que quelques jours.

Plus que quelques jours et ma cagnotte à clics explose. Elle est déjà en bonne voie depuis le papier sur la vie alimentaire du président. Je ne remercierai jamais assez Rdc de m'avoir accordé une telle confiance. Il est heureux de m'avoir choisi pour représenter le journal, m'a-t-il confessé. Le président a beaucoup apprécié ma présence à ses côtés. Rdc en est « fier ». Jamais je n'aurais pu imaginer un tel épanchement de sa part. Quelle gloire ! Je n'ai pas peur des mots ! Non, ils sont mes alliés. Je les assume tous, tous. Grâce à eux, le « h » et le « s » n'ont jamais été aussi proches du « T » et du « a » de Toma !

Je n'ai même pas besoin de champagne. Le corps de Cece me suffira. Une abondance de plaisir déferlera sur moi le week-end prochain lorsqu'elle me lira. Je veux l'observer en train de découvrir le texte. Son regard frisant, sa lèvre retroussée, ses doigts de nacre qui jouent avec ses orteils nus. Elle gardera le silence jusqu'au bout. Je commence à la connaître. Et puis elle viendra se blottir contre mon flanc avant de me faire basculer sur le sol. Mon téléphone sonne. C'est l'alarme du réveil.

18 h 12, déjà ! Je dois arriver aux B.A. à 45… Vite. Je laisse reposer le texte. Une dernière relecture demain et j'envoie.

Je suis si excité, j'ai l'impression de voler. Je me vois de haut. Je suis un drone de surveillance qui a réussi à s'immiscer dans l'espace privé d'un individu, sa chambre. Je ferme mon ordinateur, aplat chrome, rectangulaire, sur le mélaminé blanc de mon bureau. Ma tête est une sphère reposante. Elle surplombe des mains qui s'agitent. Celles-ci rassemblent les trois carnets couleur mandarine dans lesquels j'ai consigné toutes les notes sur les B.A. Ils forment maintenant une pile bien alignée, aplat orangé, que je saisis de la main droite. Pouce oblong, lunule parfaite sur aplat mandarine. Je cours vers la salle d'eau, m'accroupis entre le lavabo et les W.-C. Les carnets glissent au sol, se drapent de moutons de poussière et de quelques cheveux que j'écarte d'un geste brusque pour accéder à une trappe derrière l'évacuation de la cuvette. Un carreau de dix centimètres sur dix est descellé et donne sur une petite case vide que j'ai creusée là pour cacher, à une époque qui me paraît lointaine, de *la viande séchée vietnamienne achetée au marché noir. J'aimais la mâchouiller, cette viande, dans les moments de doute. Le translucide du bœuf mariné dans de la fraise et des agrumes, puis séché, me donnait l'impression de regarder à travers un vitrail badigeonné de sang frais. Pourquoi cela me rassurait-il ? Je ne le sais toujours pas. Une seule chose est certaine : je n'ai plus de doute donc il n'y a plus de viande dans ma cachette, que des notes. Entreprendre ce reportage est la meilleure décision de ma vie. Je fourre les carnets dans leur cachette. Il est hors de question que Cece tombe dessus avant la parution du papier.*

Merde, mon ongle. Je déteste ça ! Quand l'ongle se fend dans la largeur, il accroche les cheveux et les poils de pull. Putain de carrelage. Bon, les carnets sont au chaud mais je vais encore perdre cinq minutes à trouver la lime à ongles. Je n'ai pas envie d'arriver suant aux B.A. Pas aujourd'hui. Je souffle, cherche le chêne que je sais être. Où est-il ? Il était là il y a deux minutes. Je me relève pour inspirer profondément, me cogne au lavabo. Mais quoi ?! Tout allait très bien. Vas-y, reprends de la hauteur, Toma… Je suis le drone. Je me contrôle. Je visualise la pièce exiguë dans laquelle je me trouve. J'ai un champ d'action assez restreint pour mes mouvements, cinq centimètres entre mes mains et le mobilier alentour. Je me calme, lève le bras droit vers l'armoire à pharmacie, prépare la main gauche à retenir les boîtes qui vont tomber. Elles ne tombent pas. La lime à ongles est à la hauteur de mes yeux. Je la saisis, ponce l'ongle de mon index droit. Le frottement du verre poli contre la kératine est apaisant. Je prolonge l'instant. L'arbre est de retour. Je me rince le visage à l'eau froide, sors de la salle d'eau pour trouver un T-shirt propre. Il est blanc. Je l'enfile, attrape tous mes pods, les insère, referme la porte de ma chambre sans me retourner. De loin, j'aperçois la terrasse, les pieds de tomates qui croulent encore sous les fruits, les fleurs de courgette qui pointent, les framboises cramoisies au milieu des buissons verts. Je cueillerai tout ça en revenant.

8

Je récoltais mes légumes tout en pensant au tour que prenait ma relation avec les B.A. Un mois venait de s'écouler, j'étais déjà dérouté. J'avais cru pouvoir garder mes distances mais j'avais été happé par la bouffée d'intimité qu'ils m'offraient. Après des années de pudeur respectée, entendre des inconnus se confier était très déstabilisant. C'était comme faire un voyage dans le temps, à l'époque pré-Nbdspø, où l'on ne réfléchissait pas avant de s'exprimer. Les B.A. avaient réussi à conserver une spontanéité, là où je m'étais flétri depuis trop longtemps. Ils étaient plus vivants que le reste de la population. Était-ce ce groupe de parole qui les ravivait ? Ou était-ce dans la nature de chacun ? Si seulement une partie de moi avait pu s'infiltrer en eux, pour les comprendre de l'intérieur. J'aurais trouvé une réponse à cette question. Mon attention s'aiguisait au fur et à mesure des séances. Elles se déroulaient toutes dans le même cadre en étant toujours différentes. Cela commençait par un salut collectif, « Bonjour, les bouffeurs anonymes ! », puis Louis demandait à l'assemblée s'il y avait des requêtes spéciales. Il était autorisé qu'un B.A. accapare la parole si cela était justifié par une rechute ou une difficulté à dépasser une des étapes du programme. La communauté votait à main levée lorsque ces cas spécifiques se présentaient. Si une personne votait contre, elle devait argumenter son vote, qui était ensuite validé ou invalidé par le groupe. Une fois le consensus trouvé, le B.A. en difficulté jouissait de deux heures pour exposer sa situation : le collectif était là pour lui. En dehors de ces séances spéciales, les réunions s'égrenaient au fil des témoignages et commençaient toujours par la phrase rituelle : « Je m'appelle Untel et je suis bouffeur anonyme. »

Lors des premières, je n'entendais que des récits de vie, des énumérations de menus, des descriptions de crise de manque, des félicitations et des encouragements pour tenir bon. Mushu, par exemple, avait réussi à manger un bol de petits pois carottes, elle qui ne mélangeait jamais les couleurs de ses aliments. Cela lui avait valu un jeton donné par Louis à la fin de la soirée. Motivée par cette victoire, Rapa avait annoncé vouloir tenter une semaine sans gras. Sept jours plus tard, elle avait flanché. Juste avant d'arriver à la réunion, elle avait dévalisé une boulangerie qui exposait en vitrine une tour de kouign-amann au feuilleté exemplaire. Pétrie de culpabilité, elle avait englouti les spécialités bretonnes en moins de dix minutes, le temps d'arriver à Facefood. En pleurs, des miettes tout autour des lèvres, elle avait hurlé devant l'ampleur de l'échec, vociférait qu'elle voulait se faire vomir. Dala tentait de la raisonner alors que nous formions un cercle autour d'elle. Louis nous avait distribué des tubes de PVC autrefois utilisés dans les manifs pour constituer des chaînes humaines impossibles à briser. D'où les sortait-il ? Pourquoi était-il équipé d'un matériel d'ordinaire dévolu aux militants politiques ? Je n'avais pas eu le loisir de me poser la question, la crise de Rapa était violente. J'avais glissé mon bras droit dans l'un des tuyaux, saisi la poignée en métal qui y était fixée et tendu le bras vers Cece. Elle aussi avait glissé sa main à l'intérieur du tube pour agripper la poignée de métal. À deux, nous étions plus forts. Je nous sentais indestructibles. Sur ma gauche, je partageais la même sensation avec Dala, qui formait une chaîne avec Mushu, elle-même liée à Choto, et ainsi de suite. Grâce à cette technique, nous constituions un rempart infranchissable contre le désarroi de Rapa. Nous la retenions de force. Personne ne voulait la laisser s'effondrer. Nous nous reconnaissions tous en elle. Si elle s'était fait vomir, cela aurait été un échec collectif.

Après cet épisode, la communauté B.A. était un tout dont je faisais partie. Les témoignages ne m'étaient plus étrangers, bien que je n'aie toujours pas eu le courage de me jeter à l'eau. J'écoutais avec une bienveillance qui m'était étrangère jusqu'alors. Les histoires devenaient des confessions, des secrets partagés et parfois même des réflexions sur le monde, sur la coercition, la société. Certains d'entre nous remettaient en cause le système de Nbdspø avant de revenir naturellement à des discours plus policés. Louis ne condamnait pas ces jaillissements politiques. Au contraire, il affirmait que la critique puis l'autocritique étaient des étapes à dépasser en tant qu'individu et en tant que collectif.

J'avais d'abord été déstabilisé par ces prises de position, je multipliais les notes afin de conserver une distance saine, mais je ne pouvais ignorer l'effet du groupe sur ma personne. Chaque semaine, je m'allégeais d'un poids infime, je me libérais des injonctions sociales qui avaient rythmé mon quotidien ces dernières années.

Au fil du temps, Louis nous confiait aussi ses origines, l'histoire de son enfance, ses débuts dans la cuisine. Peut-être voulait-il consolider l'esprit familial des B.A. ? Dans ces moments, j'enclenchais mon enregistreur interne pour ne pas perdre une miette de ce précieux biscuit. Grâce à ses talents de conteur, j'avais reconstitué un récit digne d'un roman du XIXe siècle.

Comme la plupart des Parisiens, Louis venait de province. Les souvenirs du temps qu'il avait passé, enfant, à escalader les roches rugueuses des plateaux cévenols ne l'avaient jamais quitté. L'image des brebis qui se rassemblent sur les causses à la nuit tombée, celle du berger qui les rameute à moto et l'odeur qui y est associée (un mélange de pétoule fraîche, de gazoline et d'herbe sèche) l'aidaient à trouver le sommeil dans ses périodes d'angoisse. Manger des tartines de pélardon assaisonnées de thym sec restait son rituel du dimanche soir.

Il avait été élevé par un père seul et volontaire. Mécanicien de formation, le papa avait trouvé un meilleur salaire pour élever ses deux fils en étant chauffeur d'autocar entre Alès et Florac. Il faisait un aller-retour le matin après les avoir déposés à l'école, revenait pour leur déjeuner, puis repartait en début d'après-midi pour un dernier aller-retour qui lui permettait de rentrer avant la tombée de la nuit, même en hiver.

Le samedi, Louis et son frère montaient dans l'autocar et profitaient de la route, assis à la droite de leur père, au premier rang. Le dimanche, les trois gars lavaient le bus avec amour. De la plus petite miette de pain coincée entre un siège et un dossier à la plus grosse crotte d'oiseau, tout disparaissait. Dès la fin de la matinée, l'engin rutilait de reconnaissance. Le papa prenait alors sa R5 retapée, et ils montaient à Nîmes-le-Vieux pour déjeuner avec l'aïcule.

Une grand-mère gentille et gourmande. Pour avoir interviewé moult chefs, je savais qu'il en fallait toujours une dans la vie d'un cuisinier ; c'est d'elle qu'ils tirent leur amour de la bonne chère et leur pugnacité. Les mamies de cuistot ont généralement eu une vie rude, au moins quatre enfants qu'elles ont nourris avec ce qu'elles pouvaient dégoter puisqu'elles avaient souvent perdu leur mari précocement. Malgré cela, les repas étaient bons, et les grands-mères, même édentées, belles.

Louis était chef cuisinier, et sa vieille à lui ne se différenciait des autres que par deux signes distinctifs : Olga avait toutes ses dents et elle était muette. Elle avait arrêté de parler après la mort brutale de son mari, survenue bien trop tôt. Petite aux yeux verts, elle était aussi menue que sa natte était serrée. Elle portait ses cheveux blancs, longs jusqu'à la taille, comme si elle n'avait jamais cessé d'être la jeune fille blonde qui faisait tourner la tête aux gars de son village. Son regard perçant ressemblait à celui d'une Indienne. À bien y réfléchir, elle était une véritable squaw.

Chez elle, Louis n'avait jamais mangé de raton laveur rôti ni de serpent mariné, mais il avait toujours imaginé sa grand-mère en ensorceleuse. Seule figure féminine de son entourage, elle jouait de son silence et de ses oreillettes pour amadouer les petits. Ses beignets sucrés et croustillants parlaient pour elle. Ils incarnaient une douceur pleine de relief. Pourtant, Louis leur préférait de loin la bajana. Une soupe à base de châtaignes séchées qu'un nuage de lait venait éclairer. C'était un mets pudique, à la voix blanche tel le silence qui accompagnait Olga. Boire la bajana, c'était comme se nourrir d'une absence. Une sensation qu'il n'avait jamais retrouvée jusque-là et qui avait pourtant guidé son cheminement. Cette quête semblait parallèle à la mienne. Et je ne pus m'empêcher de m'identifier à lui lorsque Louis nous raconta que sa mère avait quitté le foyer familial l'année de ses deux ans. Nous avions tous deux perdu un parent à cet âge trop précoce. Son frère, lui, avait quatre ans lorsqu'elle les avait abandonnés, les poussant ainsi à se construire sur du vide. Les trois hommes s'étaient retrouvés seuls dans une grande maison de pierres sèches, et le papa avait vite décidé de déménager en ville, pour un appartement qui masquerait le départ soudain de son épouse. Cet espace plus restreint avait été le terrain d'une vie atone mais non dénuée de bonheur. Les garçons grandissaient bien, droits, et rien ne laissait présager d'âpres tourments adolescents.

Car, si le grand frère avait continué sa trajectoire en suivant le chemin paternel (passage du permis poids lourds, formation de chauffeur et reprise de la ligne Florac-Alès), Louis avait opté pour la sortie de route. À l'aube de ses dix-huit ans, il déserta lui aussi le foyer familial. Direction Paris. En train de nuit.

Il ne cherchait rien d'autre que l'aventure. Il avait débuté son voyage en allant rue Joseph-Kessel. Je riais silencieusement à l'évocation de cette référence partagée. D'après ce qu'il avait lu, le quartier du parc de Bercy avait à peine un an. Ces bâtiments froids et modernes, qui étaient l'antithèse de la vie du chasseur de lions, ne le rebutèrent pas. Il décida, au contraire, qu'ils seraient parfaits pour commencer une nouvelle vie. Celle-ci lui tomba dessus aux alentours de la rue de l'Aubrac. Un gaillard moustachu alpagua Louis. Selon ses dires, il reconnaissait en lui le jeune homme qu'il était vingt ans auparavant : fraîchement arrivé et à la recherche du meilleur. Le gars prit Louis sous son aile et l'emmena au bar. Après trois canons, « le petit » avait les joues roses et un boulot de commis à L'Étincelle, l'un des nombreux bistrots de la capitale tenus par les Aveyronnais. Si la solidarité entre gens du pays d'Aubrac était connue, le petit ne savait pas qu'elle pouvait s'étendre à ceux de la Lozère. Il bénit les Causses d'être nés là où il était né.

Au commencement, Louis ne créa rien du tout. Il éplucha des carottes et vida des poubelles. Seize heures par jour. Le soir, il rentrait se coucher dans l'un des lits superposés que son patron lui louait ainsi qu'à sept autres colocataires, tous aveyronnais, tous dans la restauration. Ils vivaient à huit dans quarante mètres carrés. Mais personne ne se plaignait, et tout le monde bossait dur.

Peu après son arrivée, un jour de juillet, il ne pensait pas qu'il pût faire plus chaud. Pourtant, quand il entra dans les cuisines de L'Étincelle, les trente degrés extérieurs lui parurent avoir été une bise printanière. Les fourneaux tournaient déjà à plein régime. Les jus et les bouillons frémissant en continu toute l'année maintenaient la température à un niveau élevé, sans parler du taux d'humidité, mais aujourd'hui on atteignait les quarante degrés facile. Cela n'entama pas l'enthousiasme de Louis. Après quelques semaines de travail, il restait frais, curieux, ébloui.

Il avait très vite appris à ne pas tacher sa veste blanche, à relever ses manches au risque de se brûler les poignets et à laisser son poste bien propre. Il observait en coin l'agilité avec laquelle ses aînés tournaient les navets, levaient les filets de poisson et découpaient une volaille en crapaudine. Ils n'avaient pas de la came de première qualité, à L'Étincelle, mais Louis s'en foutait. Il était fasciné par les gestes. Les doigts repliés lors de la découpe de l'oignon, la légèreté d'une main qui sale un plat après la cuisson, les nez qui humant, les bouches qui aspirent des jus dans des cuillères trop chaudes, les lèvres qui se retroussent, les clappements de langue, les ordres gueulés par le second, les têtes qui se baissent d'un demi-centimètre, les fouets dans les culs-de-poule qui battent une mesure à quatre temps, les blancs d'œufs qui montent en conséquence, la cassure d'un poignet qui arrose un ris de veau de beurre noisette.

La chaleur qui régnait dans la cuisine finit par l'engourdir. Il aurait aimé contempler cette frénésie comme il le faisait des paysages cévenols le samedi après-midi, le cul posé sur un siège d'autocar. Alors qu'il était chargé d'équeuter des haricots, il sentit que son rythme décélérait un peu. Il se ressaisit et passa aux herbes. En tant que jeune commis, il n'avait que des petites tâches à exécuter. Séparer les feuilles de persil de leurs branches, les passer dans un bol d'eau avant de les allonger sur un papier absorbant, créer des planches dignes d'un herbier, les recouvrir de cellophane avant de les entreposer au frais. Le bout de ses doigts trempés dans l'eau glacée le sortait de sa torpeur. Il y plongea la main et, dans un geste maladroit, renversa le bol dont l'eau se répandit sur le poste d'à côté. Clémence y laquait des aubergines. Celles-ci étaient maintenant pleines de flotte.

Louis se prit une taloche. La première d'une longue série.

Pour lui, ça avait commencé comme ça.

Puisqu'il avait répandu de l'eau glacée partout, J.-C., son chef, lui demanda de nettoyer ça et lui envoya une éponge bouillante dans la gueule. Louis esquiva.

Clémence prit l'éponge en pleine face. Elle hurla. Hors de lui, J.-C. se retint de crier à son tour, le service n'avait pas commencé. Le chef tendit alors une cuillère à Louis en lui demandant de finir de laquer les aubergines pendant qu'il soignait Clémence.

Louis prit la cuillère par le manche brûlant. Sa paume se zébra d'une trace rouge vif. Il voulut plonger sa main dans l'eau froide. Impossible. J.-C. la lui versa dans le cou. J'étais humilié pour lui.

« Va te changer, maintenant », lui ordonna le chef. Louis s'exécuta avant de revenir à son poste. Personne ne soigna sa blessure. Les aubergines avaient été laquées par un autre. Le jeune cuisinier finit son herbier de persil et entreprit de couper les tomates en tranches translucides. Sa brûlure au creux de la main ne l'empêcha pas d'être précis.

Plus tard, la torture tourna au psychologique. Louis préférait les coups. Il fallait juste les encaisser. C'était compter sans J.-C. Il était vicieux. Il aimait humilier. Clémence était plus jeune que Louis mais bien plus costaude. Lorsque « le petit » n'allait pas assez vite à éplucher les carottes, contre toute attente, J.-C. lui demandait de mettre les patates au garde-manger. Elles venaient par sacs de vingt-cinq kilos. Louis peinait comme un chien devant tout le monde. J.-C. appelait alors Clémence, qui, de ses bras aussi épais que les cuisses de Louis, soulevait les sacs dans un grand sourire. « Sacré bonhomme », lâchait J.-C. Puis il éclatait de rire, invitant le reste de la brigade à en faire autant. Clémence s'esclaffait, défiant Louis de son regard pétrole. À la fois dupe et frondeuse, elle ne se rendait compte de rien. Lui aurait voulu embrasser sa bouche carmin pour effacer son rire naïf et cruel. Il était persuadé qu'il pleurait aux chiottes par empathie pour elle. Il avait essayé de lui parler et de lui expliquer que J.-C. se servait d'elle. Elle s'en moquait. Tout ça pour trois mille francs par mois.

Néanmoins, quand il touchait son enveloppe, Louis se sentait le roi du monde. Il n'avait pas beaucoup de temps pour la dépenser. Le samedi soir, après le dernier service de la semaine, il s'empressait d'aller prendre une douche à l'appart, de se brosser les ongles et les cheveux, de passer une chemise blanche et de courir en boîte comme on va à la messe, avec dévotion. Fin, plutôt belle gueule et généreux, il rentrait rarement bredouille. Malgré ses mouvements de danse arythmiques, les nanas le suivaient sur le *dancefloor* puis le ramenaient chez elles. Joseph Kessel devait vibrer en lui, comme j'aurais voulu qu'il vibre en moi. Je ne savais pas si Louis avait lu autre chose que *Le Lion*, mais je l'imaginais telle une réplique de l'écrivain, fêtard et magnétique, un homme auquel personne ne pouvait résister.

Pour ses vingt ans, Louis avait envoyé une carte postale à son frère et son père. Un coup de téléphone de retrouvailles lui apprit que la vieille Olga était morte. Il pleura, puis reprit le cours de sa vie. Petit à petit, il avait réussi à s'extraire de la colocation imposée par son patron et était passé chef de partie viande à L'Étincelle.

9

Le soir de la cinquième séance, je me décidai à prononcer la phrase rituelle. Je venais d'entendre le récit de Jiji, sportif à outrance. Il était devenu addict aux boissons protéinées. Il n'ingurgitait que des jus. Cet homme au corps sculptural avouait avoir vu fondre son muscle de la mastication à force de ne plus mâcher. Il faisait de la rééducation maxillaire, et la description qu'il fit de sa kinésithérapeute buccale me rappela le jour où je m'étais fendu une molaire à force de grincer des dents. La dentiste m'avait regardé, navrée, excédée même, me reprochant presque son incapacité à intervenir. La seule solution, selon elle, était que j'aille voir un psy. J'étais parti de son cabinet habité par un sentiment confus. Je ressentais le même genre d'humiliation qu'après mon rendez-vous chez Duluc Détective, sans parler de cette impression d'être malade et dépourvu d'issue de secours. Je savais que le bruxisme était l'expression d'une anxiété non verbalisée.

Mon témoignage commença par cette visite chez le dentiste. La présence de Cece, sa façon de m'offrir son sourire asymétrique, en se caressant les dents du bout de sa langue rose, m'encourageait. Je leur livrai l'expression la plus secrète de ma vision de la vie sans même savoir s'ils comprendraient mon propos. J'étais devenu journaliste gastronomique pour étouffer le trop-plein maternel par un trop-plein matériel. En accumulant la « matière » maternelle, professionnelle et pourquoi pas relationnelle (si mon mariage n'avait pas été un flop), je créais des strates qui s'empilaient les unes sur les autres, construisant ainsi une sorte de montagne émotionnelle dont les voies me mèneraient au sommet, sommet social, s'entend. Je racontai mes séances ratées chez des psys qui pointaient du doigt mon père, mort trop tôt, créant un vide qui devait être la cause de mes tourments, et de l'érosion de ma dentition. Ça me semblait trop facile. Alors, au lieu de creuser vers mes fondations, je bâtissais dans les hauteurs. J'élevais des immeubles faits de mots, d'articles, de livres. J'ingurgitais, analysais, écrivais, déféquais avec passion d'abord, puis par habitude et enfin par besoin. J'avais perdu le goût du travail. Pour conclure, je lâchai tout en leur avouant que mon entrée chez les B.A. avait fait bouger ces lignes. En venant aux réunions, j'avais compris que la nourriture était devenue mon refuge : une cabane de haute montagne fermée à double tour.

J'en avais perdu la clé.

Je considérais que c'était suffisant. Je pouvais à présent me taire et laisser la parole. Vini la prit. Fine brune d'une trentaine d'années, elle aimait avoir le contrôle sur ce qu'elle mangeait. A priori, elle cochait toutes les cases de la définition du bien-être selon Nbdspø. En bonne orthorexique, elle pesait ses repas et calculait de tête leur apport calorique ; elle suivait depuis l'adolescence un régime à indice glycémique bas : sans lactose, sans sucre, sans gluten, et aussi, car elle détestait l'idée de la souffrance animale, vegan. Elle s'imaginait libre dans ce régime « sans ». Mais elle culpabilisait du plaisir procuré par ce mode d'alimentation, elle n'arrivait pas à s'ôter de la tête l'idée qu'un trop-plein de contrôle était aussi une déviance. Perplexe face à cette contradiction, je pensai que je ne pourrais vivre que dans la simplicité d'un régime « avec ». J'allais être exaucé.

Cece m'attendait sous le porche de l'école de boucherie. Elle était sortie la première, et moi, l'avant-dernier. Elle avait donc attendu une heure et douze minutes. « J'ai regardé les étoiles », avait-elle répondu à mon heureux étonnement. Et, langoureuse, elle m'embrassa. C'était la première fois. J'avais bien fait de me dévoiler. Je fis durer le baiser dix longues minutes avant de l'interrompre abruptement. La porte latérale du fast-food venait de claquer. La silhouette épaisse de Louis passa devant nous, lasse. Son souffle court s'éteignit dans la nuit. Nous plongeâmes à nouveau dans notre étreinte. De douze minutes en douze minutes, les étoiles eurent le temps de faire vriller la voûte céleste. Un bourdonnement rythmait un temps que nous n'entendions plus. Les drones passaient devant la porte cochère sans nous repérer. Nous étions l'ombre haletante de l'ombre officielle. Nous avions disparu l'un dans l'autre, créant à nous deux une quatrième dimension insoupçonnable. Elle avait l'odeur sure des coings.

10

Je rentrai chez moi, hagard et ébouriffé. J'avais beau fouiller dans les tréfonds de mes poches, je ne trouvais plus ni nosepods ni airpods. J'avais été mis à nu, en pleine rue. Épanoui.

11

La semaine qui suivit fut la plus sensuelle de toute ma vie. Cece avait posé des vacances. Elle avait tout organisé, envoyé ses colocataires en voyage, préparé les menus des sept jours à venir, stocké du vin, dessiné les promenades que nous allions faire main dans la main. Je passais à peine le seuil de sa porte le mercredi matin qu'elle fouillait déjà dans mes poches.

Je me laissai faire, amusé par cette perte de contrôle qui ne m'était pas habituelle. Elle éteignit mon téléphone, rangea mes pods dans une boîte en métal qu'elle cacha hors de ma vue, me servit un verre de vin et me déshabilla, se déshabilla. Peau veloutée. Je tendis la main pour la toucher, elle rit avant de me gaver de sa chair, collant son corps au mien. Je me fondis dans cette masse tiède, moelleuse, ne regrettant en rien de me laisser faire. Ses seins étaient gorgés des plaisirs à venir, les tétons tendres et pourtant pointés vers ma bouche. Ses lèvres étaient aussi rosées que ses mamelons. Ses petites dents, scintillantes de salive, et son regard, sombre.

Le temps bascule, donnant au passé le goût du présent éternel. Elle est à califourchon sur moi. Sa culotte de coton gris clair remonte au-dessus de ses hanches. Je l'ai tirée comme ça, découvrant du même coup deux lunes diaphanes et charnues. Une culbute et mon visage est enserré par les deux opalines. Elles sont douces et fraîches. Je m'y noie, presque. Je veux y mêler mes sucs avant de l'empaler. Le coton glisse sur la peau laiteuse. Il est mouillé. Sa taille entre mes mains. Je la retiens. Elle ne se débat pas mais glisse entre mes paumes pour se retrouver face à moi. Sa langue rose me lèche les lèvres avant de descendre, agile, le long de mon torse jusqu'à mon sexe. Sans perdre une seconde, elle l'engloutit. La sensation d'enveloppement est puissante, court dans le reste de mon corps. Je ne suis plus qu'une larve dans son cocon. Mon corps entier veut être en elle, je veux me draper de ses entrailles, me noyer dans son sang, m'étouffer dans l'odeur de fer et de merde qui règne forcément et férocement dans son organisme. Je jouis dans sa bouche. Sans m'accorder de répit, je me dégage des lèvres maîtresses et la prends, fulgurant. Un coup. Ça m'électrise malgré le répit dont j'aurais besoin. Un petit gémissement. Et à mon tour j'entreprends de la manger, enfin, de la picorer. Je sens qu'elle aime être effleurée avant de se laisser sombrer, clitoris palpitant, vers le cri primal. Cela vient vite. Mon érection en est décuplée. Je l'empale enfin. Violemment d'abord, puis decrescendo. Elle suit mon mouvement, cherchant encore l'orgasme. Le trouve encore. Une fois, deux fois, cela n'en finit plus. Son corps se liquéfie, nappe mes membres, puis se délite entre mes mains. Je n'ai plus de prise. Je reste là, bandant sept jours durant.

Elle interrompait parfois nos jouissances pour m'en offrir de nouvelles à goûter. Lors de nos promenades, elle m'invitait à caresser l'écorce des arbres, le duvet des feuilles de noisetier, de catalpa ou d'érable champêtre. Un jour, elle disposa une cinquantaine de pêches et de nectarines blanches tout autour de son corps nu. Je devais toucher un fruit puis une partie de son corps, les yeux fermés, sans discontinuer. Son corps devint fruit sous la pulpe de mes doigts. Je croquai dedans à pleines dents, sans distinguer les chairs, jusqu'à ce qu'elle couine de plaisir ou de douleur, nous ne savions plus.

12

S'éveiller de ces jours voluptueux fut à la fois magique et difficile, comme une renaissance. Je marchais dans la rue excité par les odeurs de la ville, les pupilles survoltées par les couleurs chatoyantes des plantes, la réverbération de la lumière sur les fenêtres des immeubles. Je goûtais la douceur des grelots des voitures hydrauliques. Le vent sur ma peau me rendait fébrile. J'étais alerte et, pour la première fois depuis le départ de ma femme, j'étais vivant. Je rentrai chez moi et jardinai sans relâche pendant toute une journée. Rires, gémissements, mains en suspens, lèvres retroussées, souffle chargé de raisin fermenté, pli de l'aine, des flashs de Cece ralentissaient parfois mes gestes. Je me fondais dans ces souvenirs avec langueur avant de les laisser filer. Peu à peu, ils s'estompèrent, et l'envie de travailler monta en moi. J'allais observer les choses autrement, les interpréter peut-être avec plus de sensibilité, ou plutôt une autre sensibilité.

Je sortis de chez moi sans pods et me dirigeai vers Facefood. Je n'y étais jamais allé le midi. Je découvris un monde très différent.

J.-J. G. chantait *Encore un matin* à fond dans le fast-food désert. Le gérant fredonnait la chanson en rythme, tout en se lavant les mains. Une pub l'interrompit : « Pour votre santé, consultez les réseaux sociaux moins de trois fois par jour. » Le petit homme me sourit, hocha la tête en un bonjour et dit :

— J'ai laissé mon téléphone chez moi ce matin. Ça fait un tel bien !

Le flash info m'apprit qu'il était 11 h 20. Encore un peu tôt pour déjeuner. Cece avait largement contribué à ce que je perde la notion du temps. Je commandai néanmoins le fameux Radical qui m'avait fait de l'œil le premier soir avec les B.A. Un mange-debout était près du comptoir, je m'y installai, espérant que la conversation démarrerait d'elle-même. Le dorénavant cuisinier me tournait le dos. Face à la plancha, il me raconta comment il avait atterri ici, lui le fils d'une grande cuisinière marocaine qu'il avait assistée depuis son plus jeune âge.

Momo était le dernier fils d'une famille de garçons. Sa mère avait décrété qu'il l'aiderait comme s'il était sa fille. Elle lui apprit à tisser, à s'occuper des poules, à faire le pain, à lessiver les sols, à laver le linge à la rivière. Elle le garda encore près d'elle lorsqu'elle partit cuisiner pour les mariages. Ils parcouraient les routes dans des bus, tout leur attirail serré dans la soute et parfois sur le toit. Toute la région voulait Aïcha. Elle était la meilleure cuisinière de Béni Mellal. Une forme de superstition s'était développée : si Aïcha était aux fourneaux, l'union serait heureuse. Mohammed effilochait les pigeons pour la pastilla tandis que sa mère étalait la pâte à brick au pinceau sur une poêle chauffée au bain-marie. Plus tard, il aurait le droit de s'acquitter de ce travail de dentellière. En attendant, il laquait l'agneau, pilait les pistaches, pliait les gâteaux en origamis gourmands. Il grandit en cuisinier dans un pays où cela était interdit aux hommes. « J'en ai fait une force, celle de braver un interdit de temps à autre. »

Les élèves de Paul-Valéry commencèrent à affluer aux alentours de 11 h 40. Je me mis dans un coin avec un milk-shake au lait d'avoine et à la vanille et observai une première horde de jeunes garçons à la voix qui déraille. Ils déboulèrent en commandant dix Hummers d'un coup. En attendant, ils s'installèrent sur la terrasse et roulèrent un joint. Ils le fumèrent en crachotant des petits jets tout secs qui formaient des taches blanches sur le trottoir, un peu comme des chiures de moineau. Peut-être fumaient-ils le mercredi les deux joints hebdomadaires légalement autorisés pour un individu de plus de quatorze ans, avant de venir dévorer leurs sandwichs. À l'appel de leurs noms, ils se massèrent à l'intérieur du snack, bloquant le passage à quatre bourges casquette-baskets. Ceux-ci se distinguaient par un phrasé châtié. Il n'y avait aucune animosité entre les deux groupes. Au contraire, des clins d'œil complices. Lorsque les jeunes finirent chacun leur sandwich, ils se réunirent tous autour d'une table et se penchèrent sur un téléphone. Leurs yeux étaient rivés sur un clip de Rihanna de 2015, autant dire une antiquité. Au bout de dix minutes, ils changèrent d'appareil pour écouter le même morceau. Idem dix minutes plus tard. Le manège se reproduisait toutes les dix minutes. Ils n'étaient pas trop de dix pour pouvoir scander le refrain en continu. Bien, d'ailleurs, cette chanson. J'avais un souvenir flou d'un clip mais j'aurais voulu comprendre tout de suite ce qui subjuguait tant ces adolescents. Je portai la main à ma poche et m'aperçus que j'avais oublié mon portable. Cece me faisait perdre la tête…

Rihanna cessa de gémir. Les lycéens éteignirent prestement leur portable alors que les apprentis bouchers entraient dans Facefood. Les artisans ne prêtèrent aucune attention aux ados en rut. Ils avançaient, fiers, dans le snack. Certains portaient encore leur tablier avec ce nœud si distinctif au-dessus de l'épaule gauche. Ils le faisaient vite et bien serré. C'était la première étape vers un métier où la précision du geste était primordiale. J'appréciais le contraste entre leur visage poupin et leur regard lourd de responsabilités.

Être boucher de nos jours était un sacerdoce. On manipulait une matière vivante et rare, soumise aux contrôles sanitaires et douaniers les plus stricts. Il était hors de question de consommer une viande non locale. Pourtant, un marché noir intense s'était développé sur le dark web, viandes françaises et européennes s'achetaient sans carte Vitale.

Le concours d'entrée en école de boucherie comportait des épreuves d'éducation physique et sportive, des questions de culture générale, de gestion financière, de nutrition, de savoir agricole mais aussi un passage au détecteur de mensonges afin d'éprouver la loyauté des futurs élèves.

Beaucoup d'entre eux étaient végétariens, certains militaient contre la maltraitance animale. Ils étaient souvent issus d'une famille pro-Nbdspø. Leur présence avait quelque chose de militaire. Bien en ligne, ils commandaient les uns après les autres le Radical, le même sandwich que moi.

Bientôt, les lycéens laissèrent la place à la mastication silencieuse des bouchers. À 13 h 45, les apprentis quittèrent les lieux. Ils ne voulaient pas être en retard à la session de découpe de 14 heures. Je les suivis. Ils se postèrent à nouveau en file devant le portail de leur école afin de se soumettre à la reconnaissance faciale, puis à une fouille au corps par les vigiles.

Je décidai de revenir le lendemain pour puiser de quoi décrire cette caste si spéciale. J'avais bien côtoyé des bouchers dans ma carrière, mais jamais des apprentis. Les observer de près m'éclairerait sur cette nouvelle génération. Ça ne serait qu'une toile de fond, mais cela donnerait de la profondeur à mon article.

Sur le chemin du retour, je fredonnai le morceau de Rihanna, hâtai le pas, assez impatient de visionner le clip. Je ne fus pas déçu. Une nana gaulée comme un avion de chasse (Rihanna, donc) fumait des bangs en jonglant avec des flingues après avoir kidnappé une grosse bourge pleine aux as pour faire chanter son mari. Lui s'en tapait et profitait de l'absence de sa femme pour enchaîner des orgies sexuelles arrosées. *Bitch Better Have My Money* se terminait sur une Rihanna nue dans une énorme malle Louis Vuitton, le corps nappé de sang. Sept minutes pleines qui incarnaient la quintessence de la transgression : tout ce à quoi les gosses, et le reste des Français, n'avaient plus accès aujourd'hui.

13

Le lendemain fut comme une déflagration. Ce coup-ci, les bouchers étaient sortis à midi pile, et j'avais pu observer le même manège sécuritaire que la veille. Reconnaissance faciale, fouille au corps, badge. Ils étaient plus nombreux. Les élèves de Paul-Valéry se faisaient encore plus discrets. Dehors, il pleuvait. Il fallait jouer des coudes pour avoir une place dans le snack bondé.

Je commandai un Radical. Momo me le servit avec le sourire du commerçant qui a réussi à faire d'un simple client un habitué. Je croquais dans le sandwich quand je sentis un frémissement. L'un des apprentis se comportait comme s'il était seul dans le snack. Son regard n'était pas défiant. Il était fixe, décidé, sans une once de violence. Ses deux mains étaient posées bien à plat sur la table, entre les bidons de sauce. Elles semblaient capables de stopper la charge d'un taureau. Mais c'était le buste léger d'un garçon de quinze ans, un mètre soixante, cinquante kilos, qui surmontait ces deux paluches. Il regardait les grosses gouttes de pluie, tropicales, faire ployer les feuilles des platanes. Il n'entendait pas le tumulte des apprentis et des lycéens. À ses pieds, une mallette en acier cobalt était fermée par un lourd cadenas. Un élève de Paul-Valéry algueux le bouscula. Sa tête pivota sur son cou fluet. Il planta ses yeux ronds dans les globes hyperactifs du trublion mal à l'aise.

— Désolé.

— Hum.

— Tu fais quoi ?

Silence.

— Cette mallette ?

Silence.

Le boucher plia chaque articulation de son corps jusqu'à saisir la mallette de sa main droite et la poser parallèlement aux bords de la table. Il passa la main sous sa veste, trouva la poche de son jean et en sortit une toute petite clé. Il la glissa dans la serrure du cadenas. Clic.

Le lycéen sursauta. Quatre lames et un fusil à aiguiser brillaient sur la feutrine sombre.

— T'as le droit ?

— Non.

— Viens, on va derrière. Demander à Momo…

Les deux dernières syllabes se perdirent dans le brouhaha qui s'était soudainement rapproché des garçons. L'éclat des lames s'éteignit alors que les jeunes s'agglutinaient autour de la mallette. Le boucher dut jouer de ses petites épaules pour contenir le mouvement. Il referma le couvercle. Dans le même temps, tout le monde s'écarta. Le garçon à la mallette se dirigea vers la cuisine. Momo le laissa faire. Un des apprentis bouchers le suivit. Il sortit d'un sac de voyage un énorme morceau de bœuf.

— Putain, c'est quoi ? lâcha un lycéen.

Un bout de carcasse. Une hanche de vache. Un monument de chair rouge sombre maintenu en tension par une colonne vertébrale sectionnée. L'interdit était posé là, sur la grande plaque en bois qui servait à la mise en place de Momo, loin des friteuses, près des frigos. Il s'offrait à mon regard d'observateur intrusif, nonchalamment caché derrière un poteau, et surtout protégé par la bienveillance du patron.

Les gosses de Paul-Valéry n'avaient jamais vu autant de viande de bœuf. Certains élèves surveillaient l'entrée, de peur de voir débarquer une patrouille. D'autres faisaient les vigiles à la porte pour empêcher les plus lâches de fuir et d'aller chercher la sécurité. Les bouchers gardaient leur calme, ainsi que Momo. Il me fit un clin d'œil. Tout le monde semblait ignorer ma présence sauf lui. Je bénissais mon instinct journalistique.

La cuisine était vaste. Les adolescents s'y regroupèrent pour mieux voir ce qui allait se produire. Le boucher passa sa veste azur à rayures blanches par-dessus sa chemisette noire. Il enfila son tablier en mailles métalliques, à la bretelle duquel pendait un gant fait de cette même matière brillante et protectrice. Il déploya un autre tablier, de coton blanc, cette fois-ci, et le drapa telle une cape autour de ses frêles épaules. Il en attrapa les cordons avec savoir-faire (l'un sur l'épaule gauche, l'autre sous l'aisselle droite) et entreprit de les nouer sous son nez, en en faisant un petit papillon dont les ailes refermées se retrouvèrent emmaillotées du bas vers le haut dans un cocon bien serré. Il retira la pièce de tissu avant de la remettre devant derrière, c'est-à-dire avec le nœud ainsi fait dans le dos. Il clarifia sa silhouette à l'aide d'un troisième tablier blanc bien serré autour de la taille.

Ainsi, il commença à aiguiser ses couteaux, palpant de l'œil la masse viandeuse qu'il s'apprêtait à désosser. Le lycéen qui l'avait bousculé était près de lui. D'un mouvement de tête, il lui signifia de se placer de l'autre côté de la paillasse. Histoire de ne pas se prendre un coup de couteau. Le petit s'exécuta sans attendre.

Personne ne comprenait pourquoi ce qui se passait était en train de se passer. Mais tout le monde était transporté. C'était plus fort qu'un clip de Rihanna.

D'autres apprentis bouchers placèrent deux bacs en plastique devant le plan de travail puis s'écartèrent. Le boucher en chef attaqua la chair, désosseur au poing. Il jouait de sa lame fine et rigide dans la fibre amarante. Un son lisse accompagnait ses gestes les plus déliés, un crissement, les moments plus complexes : avec le dos du couteau, il grattait l'os, libérant ainsi la viande du périoste, la membrane qui relie le muscle à l'os.

À chaque son, les adolescents se reculaient d'un seul mouvement. Le boucher tentait des gestes plus audacieux : taper du poing sur le manche du couteau comme s'il avait une massette, glisser la pointe de sa lame sous une vertèbre pour la faire sauter, planter le fusil entre deux os pour que le sacrum abdique. Peu orthodoxe, voire dangereux, mais on n'était pas à l'école, ici ; et le spectacle en était bien un. Il fallait que le public frissonne à la vue du combat opposant le muscle vivant au muscle mort.

Un énorme crac mit fin à la joute. De ses deux mains non gantées, le boucher avait enfin réussi à libérer la chair du sacrum. Il caressait le rumsteck de sa lame, avec une tendresse presque obscène ; marquait le tempo en jetant des restes d'aponévrose dans les bacs gastro face à lui. Dans l'un, de minuscules bouts de chair ; dans l'autre, la structure de la bête, ses os.

Sur la planche, la viande alanguie sous la main pâle de l'artisan ressemblait enfin à ce que les élèves de Paul-Valéry connaissaient. Ils retrouvaient leur souffle.

On se remit à murmurer. Des regards complices s'échangeaient. Allait-on manger cette viande ? Tout le monde saurait-il garder le secret ? L'odeur caractéristique de la protéine animale se transformant en sucs caramélisés mit tout le monde d'accord. Momo avait déjà jeté des steaks sur sa plancha. Dans un élan solidaire et silencieux, les adolescents se réunirent autour du cuisinier alors que le garçon boucher continuait de débiter de beaux morceaux de barbaque. Au son de la viande qui grésille, le cuistot semblait empli d'un sentiment d'ivresse. Si ce délit de haut niveau pouvait mener Facefood à la faillite, le patron paraissait amusé à l'idée de mettre son affaire en jeu pour le simple plaisir de voir des jeunes gens sourire.

De mon côté, j'étais envahi par une nostalgie joyeuse. Observer les mâchoires mastiquer, les yeux briller, entendre le crépitement de la bonne chère sur le gril. Tout avait eu lieu si naturellement. Personne n'aurait pu se dresser contre. La vie était là, juste sous mes yeux.

Les voix basses et timides des bouchers se frayaient un chemin dans la mêlée des vocalises plus hystériques des élèves de Paul-Valéry. Le découpeur de viande s'était mélangé aux autres comme s'il n'était à l'origine de rien. Une harmonie faite de contrepoints vibrait dans le fast-food.

Les gosses quittèrent le snack tous ensemble, se promettant tout bas que la prochaine fois les apprentis enseigneraient deux trois gestes aux lycéens.

En fin de journée, je téléphonai à Rdc, lui fis un compte rendu détaillé des deux derniers jours. Il était encore plus excité que moi et m'annonça une nouvelle qui me fit frémir. Me rappelais-je le coup de fil qu'il attendait de l'Élysée le jour où je lui avais proposé le sujet sur les B.A. ? Afin de lancer la campagne pour renouveler son septennat, le président voulait que l'on fasse un reportage sur son hygiène de vie, en particulier sur son régime alimentaire. Rdc avait tout de suite pensé à moi. J'étais officiellement mandaté auprès de Nbdspø du mercredi 18 au jeudi 19 août. J'irais dormir sur place et je devais rendre un papier de huit feuillets au plus tard le mercredi 25 août pour que l'on puisse faire des allers-retours, et valider l'article avec le cabinet du président. La parution était prévue pour le 10 septembre. Cela devait rester confidentiel.

Je raccrochai, abasourdi, appelai Cece pour l'inviter à dîner dehors. Puis il me fallut écrire : cette scène de l'apprenti boucher était trop puissante. Elle m'inspira un texte radical qui me faisait penser aux dernières semaines passées avec les B.A., aux prises de position émergentes par rapport à l'idée du pouvoir.

Il sait quel sera l'enchaînement de ses prochains gestes. Avec délicatesse, il déboutonne la chemise de l'homme allongé devant lui. Elle est taillée dans de la flanelle blanche, encore immaculée. Il la lui retire, la plie et déshabille l'homme totalement. Il se lève et se dirige vers la cuisine. Il en revient muni d'une caisse d'acier cobalt. Il fait sauter le cadenas d'un coup de marteau. Les lames luisent, comme à chaque fois que la boîte s'ouvre. Il goûte le fil du trancheur de la pulpe de son index, saisit le désosseur et en apprécie le poids. Il a choisi.

Son regard est volontaire. Les jambes de sa victime tremblent. Il l'assomme. Plus aucun mouvement. Le sexe blanc de l'homme au sol est en début d'érection – elle s'accentue lorsque la lame fine du couteau touche l'épiderme. Le boucher incise la peau du thorax de la gorge vers le bas-ventre. Une fine entaille pourpre court sur le corps. Il quadrille tout le torse en suivant la même technique. Puis, comme s'il épluchait un poisson, il glisse sa lame entre la peau et la chair pour les séparer, tire d'un coup sec sur chaque section de peau et empile les lambeaux à côté du corps. Il ne tressaille plus. Il doit être mort.

L'érection ne s'est pas atténuée. Elle perdure quelques minutes après que l'exécutant a saisi une feuille de boucher et tranché le cou de sa prise, d'un geste vif et précis. Au niveau des articulations des bras et des jambes, il joue du désosseur. Pris à pleine main, le couteau est comme un joystick qui contourne les obstacles du squelette. Il trouve les points d'accroche du cartilage et des tendons, les fait sauter d'un taquet. Les membres morcelés sont jetés dans des bacs de plastique blanc. Il y a même rangé les carrés de peau.

Le boucher avise maintenant l'arrière-train, le bassin, les points de jonction des cuisses aux hanches. Son désosseur navigue dans la chair pâle. Parfois à l'aide du fusil à aiguiser, il force pour faire sauter un ligament, libérer ce fameux sacrum et faire de son butin des quartiers de viande comestible. Les bacs gastro se remplissent.

Dans un silence harmonieux, ses apprentis apparaissent, vêtus de tabliers blancs. Ils commencent leur sage ballet. Ils emportent les bouts de viande en cuisine, passent l'éponge ou la serpillière sur les flaques de sang, libèrent le champ opératoire pour que leur maître ait les coudées franches. En cuisine, certains séparent le consommable des déchets, tandis que d'autres commencent à faire mariner les plus belles pièces. Les gigots sont mis au four avec un peu d'ail et d'herbes séchées. La tête scalpée, méconnaissable, mijote avec des garnitures aromatiques ; les carrés de côtes sont saisis à la poêle puis mis au four. Les plus consciencieux ont épluché quelques légumes frais et lavé de la salade.

Le professeur finit son minutieux travail. Tout a été transformé dans la foulée.

Quelques heures plus tard, le boucher et ses élèves sont à table. Les premières courges de la saison sont rôties. Le jaune orangé tranche sur le fuchsia des betteraves. Des feuilles entières de coriandre complètent le tableau, au centre duquel trône une pièce de viande rosée comme du veau. Le maître s'empare de sa fourchette, la plante dans la chair tendre. C'est un morceau de l'arrière-train. Sous la lame du couteau, une fine tranche tombe. Elle est lisse, fond sur la langue, nappe les papilles d'un gras subtil légèrement sucré. Il en recoupe un bout, l'associe au fuchsia de la betterave cuite au foin. Le fumé du légume soutient la saveur carnée de la chair. Comme pour toutes les viandes mangées juste après abattage, sans maturation, le goût du sang est prégnant. Le professeur en reprend. Les ingrédients tournent dans sa bouche. Il tente de conserver une distance analytique qui éloignerait la répugnance de son esprit à manger de la chair humaine. Il expire par le nez, fait ressortir ainsi toutes les saveurs mêlées.

Comme quand on déguste un vin. Il est frappé par la complexité de ce qu'il ressent : une attaque ferreuse (le sang) qui se dissipe en un corps à consonance d'herbe grasse et s'achève sur des notes lourdes de tubéreuse fanée. Sa main s'emballe. La fourchette se met à farfouiller dans l'assiette, chope deux trois morceaux de viande, les fourre dans sa bouche avant de repartir illico vers l'objet du désir. Il mastique sans plus réfléchir. La chair exsude un jus si intense que ça l'enivre. Il en veut encore. Il fourre ce qui reste de l'animal entre ses crocs, déchire ce qu'il peut avec ses canines, sauce l'assiette avec son doigt. Il en veut plus. Mais il n'y a plus rien. Il a tout nettoyé.

Il en redemande. Ses élèves lui servent une nouvelle assiette. Ils mangent avec une frénésie rythmée par les bruits de mastication et quelques grognements de plaisir. Le boucher termine avant les autres. Du bout de la manche, il s'essuie les coins de la bouche et déclare d'une voix assourdie par le gras de la chair humaine :

— Je sais pas si le cannibalisme a des vertus. Et est-ce que ce qui vient de se passer est du cannibalisme ? J'en sais rien. Je comprends juste un truc alors que nous venons de manger cet homme, nos deux chairs se mélangent. Voilà ce que je comprends.

Son timbre de voix mue pour devenir un peu plus aigu. Ses élèves sont surpris de la façon dont il prononce la suite de son discours :

— Le monde dans lequel nous vivons est imparfait. Nous croyons avoir réintégré le cycle de la nature. Cultiver nos propres légumes, restreindre notre consommation d'énergie et de produits polluants, nos émissions de gaz à effet de serre, planter des haies, cesser l'usage de produits chimiques, favoriser la biodiversité en contrôlant le moindre détail de notre vie… Nous obéissons à ces principes car nous les savons fondamentaux pour la survie de la biosphère dans laquelle nous voulons continuer de vivre. C'est une démarche intellectuelle. Mais si nous voulons l'éprouver, dans nos corps, mangeons-nous les uns les autres. Alors nous ferons attention les uns aux autres pour être sûrs de la qualité de notre nourriture. Nous nous élèverons avec amour et conviction comme nous élevons les volailles et les ovins en agroforesterie. Toutes les justifications seront bonnes pour que nous adoptions une alimentation alcaline basée sur le végétal. Ce végétal sera produit dans des conditions optimales car nous en serons les derniers dépositaires, quel que soit le sens de la boucle dans laquelle nous serons ainsi inclus.

« Si la chair humaine devient la source principale de protéines animales, nous réglerons la question de l'élevage, mais aussi celle du contrôle des naissances. Nous pourrons procréer sans frein, sans crainte. Mieux nourris, nous aurons moins de problèmes d'infertilité. Entrons dans l'ère du cannibalisme raisonné.

Ses élèves restent interdits. Ils ne comprennent qu'une chose : le boucher a parlé comme l'homme qu'ils viennent de manger, celui qui portait une chemise de flanelle blanche.

Je n'arrivais pas à me décider pour la fin. Fallait-il que je m'arrête sec ? Les élèves devaient-ils se ruer sur ce prof qu'ils considéraient comme fou ? Allaient-ils le lyncher ? Le livrer aux autorités ? Ou au contraire le dévorer ? Je trouvais ça tragi-comique et très ironique d'écrire ce texte alors que j'adhérais au projet de société policée de Nbdspø. Je le rangeais dans la catégorie pied de nez, avec le bœuf bourguignon matinal et mes petites impolitesses à peine perceptibles. Quand il y a trop de restrictions, il faut bien souffler un peu. Et Dieu sait que j'avais besoin de décompresser, vu la somme de travail qui m'attendait.

14

Le mardi suivant, un changement imperceptible flottait dans le snack. À moins que ça ne soit moi qui aie eu du mal à superposer les images des adolescents carnivores à celles plus austères des B.A. en pleine repentance. Non, ce n'était pas moi. Une fois le trouble estompé, je pressentis que quelque chose avait eu lieu en mon absence. Peut-être s'étaient-ils vus sans moi ? Les coups d'œil qu'ils s'échangeaient m'excluaient. Je n'aurais pas dû me confier à la dernière séance. Certains éléments de mon récit jouaient-ils contre moi ? Cece leur avait-elle raconté notre liaison, notre semaine folle ? Je perdais clairement pied. Mes systèmes de défense étaient ébréchés, je prenais l'eau de toutes parts. Peut-être qu'il était temps d'entamer vraiment le programme et de commencer par admettre mon impuissance pour m'en remettre à une force supérieure ? Les B.A. me regardaient différemment. Certes. Mais pourquoi pas comme l'un des leurs ?

Louis coupa court à mes doutes en requérant la séance spéciale. Fidèle à la huitième et à la neuvième étape du protocole, il voulait faire amende honorable auprès de ses proches et réparer ses torts envers eux. Nous votâmes tous pour. Il avait essayé de reprendre contact avec son frère et son père qui l'avaient ignoré. Clémence était restée introuvable. Depuis ces échecs à répétition, une sensation d'étouffement le paralysait. Peut-être qu'en se laissant aller à une logorrhée sans but il respirerait à nouveau. Pourtant, il commença son histoire comme on récite une épopée, avec de la structure et une réelle intention.

Il décrivit un petit studio rue de Wattignies, qui accueillait ses conquêtes maintenant qu'il était devenu chef de L'Étincelle. Il avait vingt-deux ans, aimait trier ses papiers, cirer ses chaussures, repasser ses chemises, faire briller le lavabo. Son intérieur sentait le linge propre et chaud. Le frigo était toujours vide, et pourtant c'était une maison vivante. Déjà, il ne pensait plus aux mois de bizutage qui avaient marqué ses débuts. Ou alors il en souriait. Car aujourd'hui c'était lui qui infligeait aux petits jeunes ce qu'il avait traversé. À l'évocation de cette période, Louis tiqua. Il était peut-être gêné par les images de torture qui lui revenaient à l'esprit. Il reparla de Clémence avec regret. Elle avait disparu du paysage depuis qu'il se faisait respecter aux fourneaux. Il pensait pourtant à elle dès qu'il était mis en difficulté, et ça le reboostait. Rien que pour ce regain d'énergie, il remerciait J.-C. lors de sa prière païenne. Le gros Aveyronnais avait dégagé, lui aussi ; son second l'avait tabassé un soir de beuverie, et il n'avait plus jamais remis les pieds à L'Étincelle. La honte, peut-être ? Quoi qu'il en soit, Louis suffoqua au moment où il réussit à dire que son ancien chef lui manquait. Depuis quelques semaines, en plein sommeil, il entendait résonner les conseils gras de J.-C. « Le ris de veau, ça s'arrose comme on baigne un bébé. » « La mayonnaise, fouette-la jusqu'à ce qu'elle te crie merci. » « Si tu ne veux pas vendre ta mère contre un lit à la fin du service, c'est que tu n'as pas tout donné. » Une poésie à l'ancienne, certes. Mais des repères pour la vie.

Louis marqua une pause. Ses mains se tordirent silencieusement alors qu'il partageait avec nous ce qu'il appela « la période la plus heureuse de sa vie ». Il s'était attaché à une petite blonde qu'il croisait en boîte : Myriam. Ses potes allaient dans des clubs branchés. Il suivait. Un peu d'ecstasy tournait. Il n'avait essayé qu'une fois, pour la forme. Il était plutôt Zubrowka pure, à boire dans le bouchon vers la fin de la nuit, ou dans un petit verre à claquer sur le comptoir s'il fallait se tenir. Les long drinks, très peu pour lui. La petite blonde lui avait fait essayer le mezcal, mais il avait perdu le contrôle un peu trop vite, s'était mis à danser comme possédé par un esprit chamanique. Ça ne lui avait pas plu. Myriam en avait déduit qu'il préférerait la cocaïne au Pac-Man, mais il n'avait pas voulu en prendre avec elle. Au fond de lui, il se disait que cette petite nana lui suffisait amplement. Pas besoin de drogue. Chez elle, tout était envoûtant. Sa peau de lait, la douceur de ses cheveux tout fins mais si longs qu'ils lui chatouillaient la taille, qu'elle avait fine, comme pour mieux accentuer l'ampleur de son bassin, l'arrondi de ses fesses, mais surtout la monumentalité de ses seins. Ceux-ci n'étaient pas énormes mais juste assez gros pour lui donner l'impression d'être Louis XVI à la cour de Versailles. « Pigeonnant » était le mot qui lui venait à l'esprit dès qu'il la voyait sortir du métro, se goinfrer de spaghettis bolognaise, se brosser les dents, danser, remonter sa braguette (à elle), descendre sa braguette (à lui). Parfois, il se demandait même s'il n'était pas son pigeon. Mais vite il éradiquait cette pensée de son cerveau pour n'avoir qu'à vivre l'instant présent. Elle le lui avait bien dit : « Pas de romantisme entre nous. On s'amuse et, quand on en aura marre, on restera potes. OK ? » Il avait acquiescé et s'en mordait les doigts depuis peu.

Myriam bossait comme standardiste dans un journal. De sa grande bouche aux lèvres ourlées et rosies, elle laissait les mots filer ; ils avaient des sonorités cristallines, trébuchant parfois sur des accents d'acier.

Un chaos vocal qui maintenait en haleine tous ses interlocuteurs – Louis les voyait, hommes et femmes, le regard accroché à ses lèvres volubiles – et, lorsqu'ils semblaient se perdre, ils se rattrapaient à ses longs cils, cerbères d'iris sombres dont le jeune homme avait du mal à se dépatouiller. Il ne voyait jamais les pupilles de Myriam, ses yeux étaient un marécage noir gavé de mystères qui le fascinait. Pour les autres, c'était le défaut qui gâchait tout. Si elle avait eu des yeux d'azur, elle aurait été parfaite ; vert d'eau, à la limite, mais ces trous béants au milieu du visage donnaient l'impression qu'elle était vide. Lui en avait le vertige. Elle lui faisait le même effet que le mezcal.

Heureusement, lorsqu'il travaillait, plus rien de tout cela ne persistait. Il se concentrait sur la cuisson des saumons, sur la tenue de ses îles flottantes et l'onctuosité de ses crèmes anglaises.

La presse finit par repérer son talent. Myriam était encore dans le coin. De standardiste dans un journal, elle était passée à journaliste standard. Lui cultivait la bonne distance et avait conservé quelques aventures pour ne pas couler d'une traite dans le marécage mystérieux de ses yeux. Plus il s'éloignait, plus elle le voulait et plus il se sentait fort. Telle était la distance à maintenir, selon lui.

Son intérêt pour la cuisine s'étoffait. Lorsqu'il ne sortait pas, il glanait des infos sur des gars comme

Olivier Roellinger, Alain Passard ou Michel Bras. L'élan qui l'avait poussé à fuir en train de nuit cinq ans auparavant lui donnait la force de dépasser ce que les Aveyronnais tradi lui avaient appris. Les libres-penseurs lui inspiraient une nouvelle attitude, à défaut d'une nouvelle cuisine. Il allait en boîte avec moins d'empressement. Les gens venaient maintenant manger à L'Étincelle pour goûter à autre chose qu'à ses côtes de bœuf bleues. Ses salades de jeunes pousses et son tataki de thon devenaient des légendes dont le milieu de la nuit parisienne se susurrait les recettes aux alentours de 5 heures du matin. Il commençait à être fier de sa veste blanche en coton rigide.

Fut-ce son noctambulisme qui lui amena Régine (de Chez Régine) à L'Étincelle ? Ou bien son tataki ? Il eut à peine le temps de se poser la question. Après avoir dévoré son menu du jour, la dame aux cheveux rouges voulut lui ouvrir un restaurant, manger son île flottante aux heures les plus indues, déguster ses tartines d'os à moelle dès le lever du soleil et s'endormir le nez dans sa soupe à l'oignon. Sonné par une telle exaltation, Louis répondit timidement à cette frénésie qu'il croyait feinte, se défendant de vouloir quitter son poste, offrant des madeleines pour clouer le bec de cette femme vorace. Mais le lendemain la Régine revint à la charge. Elle le débauchait officiellement pour l'établir dans le VIIIe, chez les vrais bourgeois.

Il sourit comme les jeunes loups savent le faire, tous crocs dehors.

Il quitta le XIIe arrondissement pour ne plus jamais y revenir, croyait-il. Prit un loft au bord du canal Saint-Martin. Sa bienfaitrice le lui avait trouvé en moins de vingt-quatre heures. Elle l'avait installé comme les maris infidèles installaient leurs cocottes deux siècles plus tôt. Myriam voulut emménager avec lui, mais il refusa, « pour mieux se concentrer sur son boulot ». Emporté dans un tourbillon ascendant, il ne vit pas qu'il laissait sa petite blonde en bas de l'échelle, dépitée. Sur le moment, il s'en foutait, mais des années plus tard il s'en mordait encore les doigts. Pour la deuxième fois de sa vie, il avait créé une béance chez l'autre, une plaie qu'il pensait incurable. Il fondit en larmes. Il marmonnait, les mots se désagrégeaient sous l'action corrosive de ses larmes. Un murmure mouillé émanait de ses lèvres tordues, un « mmm » indistinct. Voûté sur sa chaise, il ressemblait à un hérisson mis en boule après avoir été percuté par une voiture lancée à grande vitesse : choqué mais encore sur la défensive. Interdits, nous le laissions expulser son remords, prêts à l'accueillir de nouveau dès qu'il nous solliciterait. Il releva la tête pour se moucher et persista dans son récit. Nous ne savions pas où il voulait en venir. Alors nous lui offrions la seule chose que nous possédions : notre écoute.

Le Louis arrogant ouvrit rue de Ponthieu un bouclard branché qui portait le nom de Squaw, en hommage à la vieille muette. La bajana était loin d'être à la carte. Réputé pour ses viandes grillées et assaisonnées, Louis inventa des menus chics et carnés dont les créatifs du tertiaire raffolaient. Directeurs artistiques, stylistes en devenir, assistants-réalisateurs, concepteurs-rédacteurs, journalistes et producteurs d'émissions de télé-crochet se bousculaient sur le trottoir étroit.

Il se réveilla de sa gloire vingt ans plus tard, usé par la notoriété et le manque de créativité. La télé, Instagram, Snapchat, ils lui étaient tous passés dessus. Il avait ouvert et fermé une vingtaine de restaurants à l'international, inventé des centaines de concepts, animé des dizaines de shows, fait le tour du globe une cinquantaine de fois, mais il était resté seul.

Après Myriam, aucune femme n'avait su l'hypnotiser. Il jurait être resté fidèle à son premier amour. Il avait appris sa disparition cinq ans plus tôt, par hasard, au détour d'un débat radio sur l'extrême droite et le journalisme. Ce fut un électrochoc. L'absence soudaine de Myriam l'avait remis face à lui-même, l'avait ramené à son enfance. Encore un vide sur lequel se construire.

Louis avait décéléré en même temps que la marche du monde, freinée par les crises économiques et sanitaires. Comme nous tous, il s'était recentré sur un essentiel intime. Il avait revendu sa société et ouvert un petit restaurant à taille humaine dans lequel il œuvrait trois jours par semaine. Mais le manque se faisait toujours sentir. Aujourd'hui la solitude était trop lourde à porter. Même s'il s'entendait avec ses colocataires, même si le rapport avec ses clients était nourrissant, il ne trouvait la paix qu'après avoir englouti des paquets de Frosties sans lait. Autant dévorer le néant. Il avait monté les Bouffeurs anonymes pour s'aider lui-même, alors pourquoi ne pas aussi secourir ses pairs, flottant dans un univers sans apesanteur : nous.

Mais nous ne lui suffisions pas. Je le sentais. Nous n'étions pas à la hauteur du vide qui l'habitait. Il y avait dans sa voix quelque chose d'inachevé. Il fallait qu'il parte à la chasse, qu'il *la* retrouve, qu'il « répare ses torts envers *elle* ». Myriam. J'en étais certain. Je le connaissais comme je me connaissais moi-même.

Plus tard dans la nuit, je ne pus m'empêcher de le confier à Cece. Elle ne dit rien, s'allongea sur moi, recouvrit chaque pore de ma peau avec les siens, me noya en elle jusqu'à ce que je m'endorme.

15

Le jour élyséen arriva. J'étais encore troublé par le récit de Louis, les garçons bouchers, mon amour pour Cece, les B.A., tout ce qui nous reliait les uns aux autres. Il était impératif que je me distingue de cette mélasse sirupeuse, que je prenne mes distances, que je redevienne moi-même pour livrer le meilleur reportage possible sur le président. Je me concentrais sur le paysage. Mon taxi filait dans le soir estival. En plein cœur du mois d'août, Paris était désert. La traditionnelle rentrée n'aurait lieu que dans une semaine. Contrairement à ses prédécesseurs, qui se délassaient à Brégançon, Nbdspø profitait de ce temps en suspens dans la capitale pour se ressourcer.

Il m'avait fait venir pour 19 heures. Le protocole voulait que je loge dans un cabanon construit en bois d'orme dans le jardin du palais. Je fus donc introduit par une porte attenante au parc. Le jardinier me guida au cœur de la forêt comestible qui débouchait sur une clairière parsemée d'arbustes. Un chemin bordé de framboisiers menait vers ma demeure d'une nuit. En ouvrant la porte, je découvris une chambre spartiate mais pensée avec goût. Des draps en lin blanc recouvraient le lit, qui faisait face à une table en bois d'orme, elle aussi. Une chaise du même matériau était posée de biais comme pour inviter à s'asseoir. J'y abandonnai mon sac de randonnée, mes pods.

Le jardinier me demanda d'éteindre mon téléphone portable et de le lui donner, par mesure de sécurité. J'étais attendu au palais à 19 h 45. Juste le temps de prendre une douche, de suivre l'allée de cognassiers jusqu'au bout. De là, un majordome m'emmènerait jusqu'à la salle à manger. Le jardinier me laissa seul avec le chant du merle. Il était 19 h 08. La salle de bains ressemblait à un onsen japonais. Je me déshabillai et me glissai sous le jet d'eau de pluie contenue dans le réservoir en verre qui surmontait la douche. Elle était à température ambiante. Les grosses gouttes tombaient sur ma peau asséchée par le stress. Je m'ébrouai, me brossai les dents, me frictionnai le visage avec un gant de fibres de bambou, me rinçai. J'avais fait peau neuve. J'enfilai un chino beige et une simple chemise blanche. J'avais entendu dire que le président appréciait la naturalité dans le style vestimentaire, je glissai donc mes pieds dans des sandales de cuir vegan.

Mes orteils libres étaient chatouillés par l'herbe laissée folle. Je descendis l'allée de cognassiers. Un papillon aux ailes Majorelle m'escorta jusqu'à ce que le majordome prenne la relève. Je traversai à son côté de grandes pièces au parquet craquant, aux murs revêtus de tentures modernes. L'une d'entre elles s'appelait *The New Past*, signée par Clara Cebrian. Sur un fond vert-de-gris, des traits maladroits étaient crayonnés, en gris. Un lavabo, une grande roue de fête foraine, une voiture à deux roues, un gâteau d'anniversaire avec quatre bougies. Les lignes tremblaient, parfois jaune clair, roses ou blanches. Elles étaient comme tracées par un enfant, toutes rassemblées en bas du tableau, agglutinées les unes aux autres. Beaucoup plus haut, seul, un trait blanc au pinceau. À gauche était écrit « *Pues* », et à droite « *me voy* ». « Alors, je m'en vais. »

Une porte claqua au fond du couloir.

— Évidemment, ce bruit reste en off ! s'écria Nbdspø, excédé.

Son visage, écarlate, perlait de sueur.

— Suivez-moi !

Je m'exécutai. Il me fit entrer dans une toute petite pièce tapissée du sol au plafond d'un velours indigo. Je pensai aux cabines de décompression. Il enleva ses chaussures, tira les rideaux bleu de minuit et s'allongea au milieu de la pièce, dans un immense pouf que je devinais fourré de graines de lin. J'étais debout, chaussures aux pieds, adossé à la porte d'entrée. Il frappa deux fois dans ses mains. À l'autre bout de la pièce, une loupiote s'alluma, laissant apparaître une vieille dame asiatique dans un costume de soie outremer. Je distinguai son visage ainsi que ses deux mains et un plateau doré sur lequel fumaient deux tasses de céramique blanche. La dame s'accroupit à la hauteur du président et déposa ce que je pensais être du thé près de son visage. Il avait les yeux fermés et inspirait très profondément avant d'expirer en faisant vibrer ses lèvres comme un cheval. Elle se dirigea vers moi, s'accroupit à mes pieds pour me déchausser, rangea les sandales à ma gauche, se releva et me tendit la seconde tasse. C'était un café blanc : de l'eau chaude mélangée à de l'eau de fleur d'oranger. Vertus apaisantes. Je la remerciai en hochant la tête et m'assis en tailleur, dos à la porte. Quelle étrange entrée en matière ! J'avais cru devoir répondre à un protocole, au lieu de quoi j'étais pieds nus dans une salle de décompression à écouter le président faire des exercices de respiration. Je soufflai sur le café blanc.

— Taisez-vous !

Mes poumons se contractèrent. Je murmurai :

— Je peux sortir, si vous le désirez.

— Restez !

Je ne bougeai plus. Le temps passa. Le café blanc fut froid. Les bruits de respiration profonde avaient cessé. Je n'avais plus aucune idée de l'heure. Je pensais m'être assoupi, mais en même temps j'avais la sensation que chacune de mes cellules était restée en éveil. Je ne voyais plus la différence lorsque j'ouvrais ou fermais les yeux. Une présence diffuse habitait la pièce entière, comme si chaque particule d'air portait en elle la conscience de quelque chose de trop grand pour moi. Et pourtant je pouvais inspirer et expirer cette supériorité. L'intégrer, l'utiliser, la rejeter. Mais elle me soumettait. Un froissement brisa le silence. J'écarquillai les yeux dans l'espoir d'y voir un peu plus clair. Ils se refermèrent aussitôt. La voix du président me demanda de porter mon attention sur l'entrée de mon nez. Le dessus de mes lèvres était humide. Les poils de ma moustache retenaient quelques gouttes de condensation. Ça n'était pas de la sueur.

Il me guida ensuite par touches, forçant mon attention vers l'infiniment petit qui était mon être entier. Je visualisais chaque pore de ma peau accueillant chaque poil, lui-même hébergeant une perle liquide, prête à s'évaporer dans un air de plus en plus moite. Cet air, à température ambiante, entrait par la narine droite, ressortait, encore plus chaud, par la gauche. Entrait frais à gauche, ressortait chaud à droite, entrait frais par les deux narines, ressortait chaud par les deux narines ; avec lui s'échappaient mes idées les plus obsessionnelles. Je voyais mes plans d'ascension sociale s'effilocher, sans que cela m'inquiète : ils partaient, ils revenaient, ils partaient, ils revenaient différemment, indifféremment. Mon père partait, revenait, partait, revenait, mourait, vivait, mourait, vivait, indifféremment. La chaleur montait dans mon corps, descendait, montait, descendait. Cece, ma mère, Myriam, Louis. Les visages des B.A. se fondaient les uns dans les autres, donnaient naissance à un portrait monstrueux en 3D qui s'évanouissait dans un sourire. J'avais froid puis trop chaud. Des fourmis envahissaient mes jambes. Je ne m'en inquiétais pas. Froid puis trop chaud. Chaud puis trop froid. Les fourmis passaient avant de monopoliser mes mains, mes doigts. L'engourdissement gagnait certains endroits de mon corps puis s'estompait. Pourquoi restais-je indifférent à ces changements permanents, à cette impermanence perpétuelle ? « Froid, chaud, inspire, expire, droite, gauche » était la seule réponse que je parvenais à formuler. Cela me satisfaisait. J'étais un, j'étais moi. La mélasse était loin. Les B.A., inexistants. Où était le président ? Il m'avait offert la clé, la délivrance, je serais la meilleure version de moi-même en *étant*. Froid, chaud, froid, chaud, droite, gauche, inspire, expire, droite, gauche, froid, chaud, froid, chaud. Une onde de choc fit vibrer le sol. Un tremblement de terre ? « C'est une prune qui vient de tomber dans le jardin », susurra le président. Il se leva, ouvrit les rideaux. Le soleil inonda la pièce. Le temps était une notion très relative.

Un tout autre décor que celui que j'avais imaginé se révéla, il était de style Empire. Un lit bateau avec un baldaquin de taffetas occupait le fond de la pièce, alors qu'un énorme bureau ministre en acajou tenait la position centrale. Ce que j'avais imaginé être une pièce de méditation vide et austère ressemblait plutôt au salon d'une demeure napoléonienne transformée en musée. En réalité, Nbdspø et moi étions assis dans un petit coin qui aurait été réservé à l'époque aux animaux de compagnie.

Le visage glabre du président était piqué par les poils courts du velours de la moquette sur laquelle il avait peut-être dormi. Dans la lumière de l'aube estivale, laiteuse, propice à rehausser les tons rosés, son visage paraissait fragile. Papier crépon froissé par la main d'un enfant. La pièce, pourtant haute sous plafond, sentait encore le sommeil. Il ouvrit la fenêtre. Il tourna la poignée en bois, le chambranle vibra, entraînant avec lui les vitres fines soufflées à la manufacture de Sèvres. L'humidité de la rosée s'engouffra dans la pièce. Tapis épais, fauteuils crapauds respirèrent enfin, non sans un tressaillement, comme s'ils sortaient d'une douche trop chaude dans une salle de bains trop froide. S'adressant à moi tout en niant ma présence, Nbdspø s'exclama, théâtral :

— J'aime ces réveils solitaires. Aujourd'hui, vous me regarderez manger. Notez.

Il frappa dans ses mains. La vieille dame asiatique apparut. Elle déposa à mes pieds une théière de deux litres de thé vert japonais, du sencha ; une coupelle de fruits de saison avec des abricots, des pêches et du melon (ce dernier à manger en premier pour éviter les aigreurs d'estomac) ; ainsi qu'un bol de porridge de millet et de sarrasin, cuits dans du lait de coco.

— De quoi s'alcaliniser, expliqua-t-il.

Je notai.

Le petit déjeuner fini, il m'invita à le suivre au jardin. Alors que nous marchions, une femme choisie pour la fréquence apaisante de sa voix (autour de quatre-vingt-dix hertz) lui lisait la revue de presse et les courriers importants reçus dans les dernières heures. Après quoi une nouvelle séance de méditation commença. Je n'étais pas familier de cet exercice mais l'aura de Nbdspø me guidait. J'étais comme un fantassin inondé par la gloire de son général triomphant. Assis sur un coussin de graines de lin, sous le grand chêne du jardin de l'Élysée, nous respirions, conscients de la consistance de chaque molécule dont l'air était pourvu. Nous accueillions l'oxygène et l'hydrogène par nos parois nasales. Les poils de notre nez ployaient tels des roseaux sous la brise. Des pensées nous traversaient. Nous les observions, ne les jugions pas, ou peu.

Tout comme la nuit précédente, nous nous laissions porter par le rythme de notre respiration. À la lumière du jour, je prenais conscience de notre communion.

Une coccinelle voleta autour de lui avant de se poser sur son avant-bras. Elle entreprit de grimper jusqu'à son coude. Je sentais le crochu des pattes s'appuyer sur ses peaux mortes pour gravir le relief de son épiderme asséché.

La chaleur du soleil faisait remonter l'humidité nocturne vers les pores de sa peau. Elle l'hydratait comme s'il était une plante. J'entrouvris les yeux. Nbdspø était le jardin. Il n'était plus dedans, il était le paysage. Il s'unissait au vortex naturel dont nous sommes tous issus. Sa présence ici anéantissait toute distinction entre l'homme et la nature. Il était Nature. Comment avait-il pu crier et claquer une porte la veille ?

Une feuille du chêne tomba, poussée par le vent.

Il tressaillit. Le gong annonça la fin de la méditation. Nous clôturâmes par un « ôôôm » avoisinant les vingt hertz, ramenâmes nos mains en prière devant notre cœur, baissâmes la tête en signe d'humilité. Son regard me transperça.

— Oui, moi aussi, je me demande comment je peux encore me laisser prendre au piège de la colère.

Comme si le fait qu'il ait lu dans mes pensées n'était rien, il continua de me parler. Cette indifférence à mon étonnement, et à son don télépathique, me mit en position d'infériorité. J'étais sous son emprise. Il ne remarqua rien et entama son monologue. Cela faisait maintenant dix ans qu'il avait banni de son alimentation tout produit à pH acide. Il se trouvait beaucoup plus souple depuis, de corps et d'esprit. Il ne pouvait nier qu'il avait eu une tendance à régler ses accès de colère par des crises d'autorité aiguë. La dérive sociétale qu'il observait depuis que lui-même était né dans les années quatre-vingt l'avait aigri pour des générations, avait-il cru. Il pensait même en être devenu stérile. Pourtant, il avait rencontré Anna, une nutritionniste providentielle. Depuis, son fatalisme s'était mué en une source inépuisable d'espérance. Anna lui avait permis d'être lui-même sans crainte. Si ses idéaux passaient pour saugrenus à l'époque où il n'était qu'un conseiller ministériel, Anna lui avait donné la force de les assumer en changeant son régime alimentaire. Il n'y a rien de plus convaincant que de transformer ses pensées en actes. Devenir vegan l'avait libéré du regard des autres, des politicards qui s'abîmaient la matière grise, et le côlon, à coups de protéine animale.

Son régime l'avait mené là où il était : à la tête du pays. Comme s'il prononçait un mantra, chaque matin, il exprimait sa gratitude envers son hygiène de vie et sa bouillie de millet, grandes responsables de sa prise de pouvoir sur la France.

— Je me confie à vous car nous avons partagé cette méditation nocturne. Elle était de très bonne qualité, même pour le néophyte que vous êtes. Vous n'écrirez que ce que vous jugerez bon de raconter.

Alors que j'étais submergé par un frisson de joie et de reconnaissance, il continua. Contrarié par les agissements de ses ministres et de ses conseillers, le président était parfois rattrapé par une colère embarrassante. Le mécanisme était inoxydable. Ses collaborateurs le guidaient vers cette folie furieuse en allant à l'encontre de ses préceptes. Leur stratagème le plus efficace était de manger des sandwichs de rosbif mayo pendant leur réunion hebdomadaire. Nbdspø s'énervait et, comme tout être humain investi de pouvoir, il se laissait aller à la toute-puissance. Son équipe n'attendait que ça pour le pousser à l'action. Ainsi, malgré les petits déjeuners alcalins, les séances de méditation matinales et d'ASMR nocturnes, s'était établi un régime d'apparence autocratique dans lequel le président, trop solitaire, était manipulé par ses propres émotions.

Et puis la population ne l'aidait pas. Il avait obtenu le suffrage le plus impressionnant depuis l'élection de Jacques Chirac en 2002. Les instituts de sondages étaient formels : pour la première fois depuis des décennies, ils étaient face à un vote d'adhésion. La France appelait le changement, la restriction, la parcimonie. Ce peuple dit « révolutionnaire » s'était assujetti à l'urgence climatique et sanitaire.

Malgré cette adhésion totale à son programme, le président se heurtait à la désobéissance civile. Et ça le rendait fou. Ils l'avaient choisi, lui ! Pour conduire l'humanité vers le meilleur d'elle-même. Et voilà qu'il découvrait du marché noir de viande, du recel de vin, des fêtes d'anniversaire improvisées dans les égouts... Des enfants ! Il dirigeait des enfants ! Sa colère redoublait et lui donnait des idées d'autoritarisme absolu. Cette rage était le creuset des lois les plus liberticides qu'il crachait aux oreilles de ses députés. Il soumettait le peuple pour son propre bien. À la différence des plantes, l'homme a besoin d'un tuteur rigide pour s'épanouir. Il en était convaincu. Et puis ça l'aidait à recouvrer son calme.

Il était 9 heures. Il frappa dans ses mains, et la vieille dame apparut, portant sur son plateau d'argent deux tasses fumantes. Une infusion de sauge. Le président me demanda de l'excuser. Il avait à faire. Rendez-vous était pris pour midi trente, dans le jardin, à l'ombre du prunier.

Je marchais à pas mesurés vers le cabanon. Malgré les contradictions de Nbdspø, mes idées se mettaient en place d'elles-mêmes. J'évacuai sa propension à l'autoflagellation. Présider demandait de la poigne. Il s'en voulait d'être liberticide mais il savait que c'était pour le bien de son peuple. Comme un parent qui éduque son enfant. Je trouvais cela justifié. Je pouvais donc me concentrer sur ce que j'avais perçu d'exceptionnel chez lui : la puissance avec laquelle il s'unissait à son écosystème, dont je fis partie un instant. Son régime alimentaire en était l'incarnation parfaite. J'en eus la confirmation lors de notre déjeuner.

Il débuta par un « bouillon de vie », une décoction dominée par les saveurs réglissées de l'agastache, sous-tendues par les accords majeurs des notes coco de la berce et agrumes de la fleur d'oranger. Son harmonie délicate vibra entre Nbdspø et moi, nous unissant subrepticement. La fragilité de ce lien éphémère, et que j'aurais voulu éternel, fut bousculée par les amers d'une salade dite « de combat ». Mêlées à des feuilles de mizuna, les fleurs de courgette crues ne cherchaient pas à travestir le piquant de leur corolle, conscientes de la douceur de leur pistil et de l'umami de leurs pétales. Liant les fleurs et le crumble de pois chiches noirs, une pointe de jus de citron vert chatouillait les particules agglutinées d'un abricot sec émincé avec finesse. Sa couleur qui rappelait celle de la poutargue était trompeuse. Il n'avait rien d'amer, n'était que suavité acidulée déployée sur les pétales orangés des fleurs de cucurbitacée. J'entrevis ce que serait ma vie une fois quitté le cocon de l'Élysée. J'aurais voulu y tisser ma toile dans un coin du jardin, à l'ombre d'un magnolia. Pourtant, ma dynamique personnelle m'enjoignait de ressortir de cette bulle pour faire savoir au monde ce qui était à la racine de son bien-être. Nbdspø n'eut qu'une phrase à l'égard de ce plat :

— Chaque bouchée révèle une contradiction que je me dois de combattre.

Le ton définitif sur lequel il prononça ces mots m'interdit tout commentaire ou question. Ce furent d'ailleurs ses derniers mots articulés en ma présence. Le mets suivant prolongea sa pensée. L'aubergine blanche épluchée puis confite dans un dashi avant d'être laquée d'un miso de café et saupoudrée d'un mélange de noix torréfiées proche du pralin annonçait le temps de la paix. Sa complexité fondait sur la langue, se laissant réduire à la simple expression de la sérénité. Les traits de mon visage se détendirent. Je lus leur dessin sur celui du président, qui, par mimétisme ou envoûté comme moi par la tendresse du légume, irradiait d'une ferveur presque religieuse. La puissance de la communion m'ébranla, fracturant mes dernières convictions réfractaires au système Nbdspø, annihilant mes derniers désirs de déviance. Il tapa deux fois dans ses mains. Le claquement me sortit de la torpeur de cette prise de conscience fondamentale. La bienfaitrice nous servit deux verres d'eau de géranium rosat. Elle irrigua mon être telle une source perlant d'un rocher de granit au goutte-à-goutte. Les cellules de mon corps vrillaient en atomes cristallins et luminescents, faisant de mon être un orgue de verre aux harmonies délicates.

Je quittai le palais au plus proche de moi-même.

i

Cette soirée de septembre est moite. L'été indien m'inflige le sublime de sa lumière descendante. J'aime la petite saison dans la grande saison. Les Japonais en comptent vingt-quatre, elles-mêmes divisées en soixante-douze micro-saisons. Il me semble que nous devons être dans celle qu'ils nomment hakuro, la rosée blanche, qui se conclut demain par l'équinoxe d'automne.

À une époque, j'en prenais la liste sur Wikipédia et me la lisais à voix haute, en japonais. Puis en français. C'était comme une litanie dédiée à la nostalgie d'un climat qui n'existait plus. Je m'enivrais de ce long poème dans lequel le riz mûrit, les insectes se terrent, la rosée luit. Ce soir, je dirais que les bergeronnettes se remettent à chanter. Je ne sais même pas à quoi ressemble le chant d'une bergeronnette, ni même à quoi ressemble une bergeronnette. Et, de toute façon, les saisons devraient toutes être renommées à l'aune des nouveaux phénomènes naturels engendrés par la hausse des températures.

J'arrive juste à l'heure devant Facefood. Le rideau est baissé, ce qui indique qu'ils sont déjà nombreux. Je croyais avoir été convoqué en premier aujourd'hui. 679B5. Le bip du code. La porte latérale de l'immeuble s'ouvre. Comme d'habitude.

Je pénètre dans le couloir. La chaleur moite persiste. Le carrelage qui remonte jusqu'à mi-hauteur du mur ne garde pas la fraîcheur. J'ai bien fait de ne pas prendre de veste. Même s'il y a la clim dans le fast-food, je sais que Louis ne la règle jamais en dessous de vingt-huit degrés depuis le début de l'été. Et nous sommes encore en été. Je frappe à la porte de bois. Un coup sec, un silence, puis trois coups précipités. J'aime cette impression de faire partie de la bande. Nous avons notre code secret.

Lorsque j'étais gamin, je partais en colo à Paramé, une commune de Saint-Malo. Il y avait une grande demeure familiale au milieu d'un gigantesque parc forestier. Un vaste programme d'éveil sportif et culturel était mis en œuvre par des monos que j'adorais. Mais j'aimais encore plus nos « temps libres » durant lesquels nous construisions des cabanes sous les frondaisons, derrière l'étang. C'était en contrebas de la maison, le plus loin possible des monos, proche de la haute muraille de pierres qui nous séparait du monde extérieur. J'y ai fumé la seule cigarette de ma vie.

En tant que plus jeune, j'avais eu le droit d'aider à creuser le trou pour les latrines, au milieu d'un grand houx. Nous avions tapissé la fosse de matière sèche, puis disposé deux planches de bois sur lesquelles poser nos pieds. Des feuilles de noisetier fraîches nous servaient de papier toilette. Nous piochions dans un gros tas de feuilles mortes pour recouvrir nos excréments. Ma mission quotidienne était de veiller à la fraîcheur des feuilles de noisetier et à la sécheresse des feuilles mortes.

Il y avait aussi le tipi, celui des chefs, bien sûr. Quand nous nous situions à proximité, il fallait siffler brièvement trois fois pour prévenir de notre arrivée. Si les chefs parlaient d'un sujet secret, ils en changeaient. Plus tard, l'un des chefs, Jonas, me confia le code des hauts gradés. À compter de ce jour, lorsque j'approchais du tipi, je prenais deux bâtons que je tapotais en continu jusqu'à l'entrée. À mon arrivée, personne ne changeait de sujet, je faisais partie des leurs.

16

Dans le taxi qui me ramenait de l'Élysée, la lenteur du véhicule et le tintement des grelots me berçaient. La ville défilait par la fenêtre, écrasée par la chaleur. Des bosquets de romarin et de genêts étoffaient la place de l'Étoile. De leurs feuilles enduites d'une fine poussière de sable, des libellules s'échappaient pour aller boire à la fontaine qui jaillissait à l'ombre de l'Arc de Triomphe. Leurs ailes chargées d'un sirocco abrutissant frôlaient les gousses noires des genêts, les faisaient exploser dans une pétarade abrupte et aiguë. Quelques abeilles téméraires osaient pourfendre l'air sec de la place afin de s'abreuver en ce plein après-midi d'août. Par la fenêtre ouverte de la voiture, je profitais de la brise provoquée par le passage d'un vélo à hélice, comptant les rares silhouettes des piétons qui s'étiolaient comme des mirages sous l'effet de la température post-zénithale. Les ombres timides des chênes-lièges leur offraient quelque répit dans leur course vers… Vers quoi marchaient-ils ? Une visite chez une vieille tante ? Un rendez-vous galant ? Une flânerie ? Une collecte de grillons ? Un avenir ? Si telle était la destination, je préférais le tintinnabulement du taxi à la marche forcée sous le soleil. Nous étions au cœur de l'été, et je me dirigeais en douceur vers le point culminant de mon existence. J'étais sur le point d'écrire l'un des papiers les plus importants de ma vie, dans une quiétude totale. Il me suffisait de rentrer à la maison, d'ouvrir mon ordinateur, et les phrases s'imbriqueraient les unes dans les autres, composant un engrenage logique mû par sa propre force d'inertie. La semaine à venir allait être délectable. Je rallumai mon téléphone portable et envoyai un message à Rdc. « TVB » pour « Tout va bien ».

Mon téléphone vibra une première fois, c'était un message de Cece. Puis une deuxième fois, autre message de Cece. Une troisième fois, enfin, telle une avalanche : les vibrations soulignaient l'apparition de messages de plus en plus nombreux sur mon écran. Tous venaient de Cece. Ce fut ensuite mon répondeur qui appela une première fois, puis une deuxième, une troisième. Trop insistant. Je rejetai les appels et mis le téléphone sur silencieux. Le chauffeur de taxi me regardait, intrigué, dans le rétroviseur. Je lui souris, sortis mes pods nasaux et auriculaires. Je les enfilai avant de ressortir discrètement mon téléphone pour écouter les messages vocaux. Ils s'étaient accumulés durant les dernières vingt-quatre heures. La voix de rocaille susurra d'abord des mots doux à mon cerveau, m'invitant à passer la soirée avec elle. Sans réponse de ma part, au fur et à mesure des messages, elle devenait voix de mère inquiète pour se métamorphoser en bêlement de harpie injurieuse quelques heures plus tard. Je raccrochai en continuant de sourire au chauffeur de taxi. Il était impossible qu'il ait entendu les trémolos dramatiques de Cece au travers des pods. Je les remplaçai par la première proposition de mon algorithme musical, les chants de Noël d'Ella Fitzgerald. Sa voix tapissée éloigna les premières pensées parasites qui me venaient depuis mon départ de l'Élysée. Pourquoi Cece en était-elle à l'origine ? Je laissai filer la question au gré de ma respiration. Elle s'estompa comme poncée par du sable avant de sortir complètement de mon champ de réflexion.

Arrivé chez moi, je cueillis quelques haricots verts. Le craquement qu'ils émettaient quand je les équeutais pour en faire une salade était à la fois ferme et docile. Drôle de contradiction. Peut-on être fermement docile ? Ne pas vouloir autre chose qu'être docile ? Oui, ça me semblait tenir la route. Par exemple, là, tout de suite, j'avais solidement envie de me soumettre à la vision de Nbdspø. Je ployais volontairement. Une fois cuits, les haricots verts gardaient cette consistance contradictoire.

Je les arrosai d'huile de sésame torréfié et d'un jus de citron, les parsemai de quelques feuilles de cerfeuil déchirées. J'avais fait une salade délicieuse. Je l'accompagnai d'une bière japonaise bien frappée. La sieste se fit sentir.

J'avais dû laisser la fenêtre de ma chambre entrouverte avant de partir pour rencontrer le président. Quelques feuilles avaient volé depuis mon bureau jusqu'au sol. Je ne me souvenais pas avoir senti de vent quand j'étais chez Nbdspø. Mais c'était un séjour si perpendiculaire à ma réalité… Le Toma d'aujourd'hui n'était plus le même que celui de la veille. Dès lors, comment aurait-il pu se souvenir de la disposition de sa chambre avant son départ pour l'Élysée ? Je rangeai les papiers éparpillés et fis tomber une pile de livres. Je ne me rappelais pas non plus l'avoir mise là. Peu importe, la fatigue me gagnait. Je m'allongeai sur mon lit. Au moins les draps étaient-ils bien à leur place. Ils étaient frais. Je me déshabillai, et leur contact plongea mon corps nu dans un état de sérénité régénérant. Je m'endormis.

Lorsque je rouvris les yeux, je fus pris d'un doute. Je courus jusqu'à la salle d'eau. Derrière les toilettes, le carreau de dix centimètres sur dix n'avait pas bougé. Les carnets orangés étaient à leur place.

L'écriture fut facile. Cela me prit quelques jours de tout structurer et de sortir la première version de l'article. J'entrecoupais mes séances de travail de moments de cueillette. Je prenais les repas sur la terrasse, discutais même un peu avec mes colocataires. J'avais rappelé Cece. Rassurée, elle m'envoyait des textos encourageants, partageait sa hâte de me revoir et me pressait de finir mon « boulot d'agent double, smiley inquisiteur, smiley MDR, smiley yeux en cœur ». Elle avait pris cette habitude de me décrire les émojis par des mots car j'étais un homme de lettres. Je lui répondais des « cœurs x 1000 ». C'était notre façon à nous d'être subversifs.

O

Louis vient m'ouvrir la porte. Un froid glacial s'engouffre dans le couloir. Derrière le chef, tous les B.A. sont déjà là, debout. Je pensais être le premier convoqué... Ils n'ont pas installé les chaises rouges en cercle comme d'habitude.

17

Rdc semblait heureux du résultat. Il était un homme de peu de mots, et son habitude ne changea guère lorsque je lui rendis la copie. Néanmoins, je décelais du respect et même peut-être une pointe d'admiration dans ses remarques relatives au texte. C'était un récit intimiste mais pudique, disait-il, à bonne distance du président. Le lecteur pouvait rencontrer l'homme derrière la fonction et comprendre à quel point celle-ci l'habitait entièrement. J'avais enregistré notre conversation afin de corriger l'article selon sa lecture, au lieu de quoi je me repassais cette phrase en boucle via les pods. Rdc se laissait aller à un souffle d'émotion qui parcourait les quatre syllabes du mot « intimiste », avant de contrarier la dynamique paresseuse grâce aux consonances plus dures des termes professionnels que sont « lecteur » et « fonction ». Il se rattrapait aux branches tendues par les [k] afin de ne pas sombrer dans le compliment au premier degré. Malgré tous ces efforts, j'avais perçu l'imperceptible et je m'en délectais, à répétition.

Nous remaniâmes le texte ensemble. Nous partîmes à la chasse aux adverbes, aux tics de langage et aux formules toutes faites. Le récit fut resserré à l'os. Et le clap de fin ne retentit que lorsque l'article nous fit l'effet d'une frappe chirurgicale. Il comptait tout de même quarante mille signes. Lorsque je le relus à tête reposée, j'eus l'impression de rencontrer à nouveau Nbdspø, je ressentis avec délice l'osmose indéniable qui existait maintenant entre nous.

C'était une réussite. Je le vécus comme une répétition générale avant la grande première : le rendu de l'article sur les Bouffeurs anonymes. La collaboration avec Rdc serait fluide, je le savais maintenant. Je ne doutais plus de mes capacités journalistiques. Je sortis mes carnets de leur cachette, les lus, les annotai, collai des post-it. Sur une feuille de papier cartonné, format A1, je notai les différents éléments que j'avais recueillis. Le nom de chaque bouffeur, son caractère, son histoire. Rapa, la souris gourmande de gras ; Dala, l'aigle armé de précision ; Cece, ma Cece ; Choto ou le Baloo 5.0 ; Vini, l'aigrette maigrelette ; Jiji, la force de la nature, et enfin Louis, le mentor, le gourou, la source de tout et de tous. Ils buvaient ses paroles comme un élixir de vie, perdant paradoxalement, dans cette communion, leur identité, leur histoire et peut-être même leur volonté. J'avais failli être dupe, moi aussi, mais Nbdspø avait éveillé ma conscience. J'étais un, unique et indivisible face à un beau fouillis que j'allais maîtriser. La multiplicité des personnages impliquait un papier choral dans lequel il ne m'était pas autorisé de me perdre. La structure serait essentielle. Devais-je procéder par thématique, par pathologie ou, plus simplement, par chronologie, de ma découverte de Facefood à aujourd'hui ? Devais-je en faire un récit à la première personne, un reportage dont je serais le personnage principal ? Cela me permettrait de faire entrer le lecteur progressivement dans l'univers des B.A., qu'il s'identifie au lieu, aux personnes avant de se détacher et de se poser en juge. Cette idée ne me déplaisait pas. Je les notais toutes sur mon grand tableau. Je voulais les explorer une à une avant de me décider et de proposer la bonne à Rdc. Cette recherche me prit beaucoup d'énergie. Chaque soir, je cachais ce panneau de réflexion derrière l'armoire dans laquelle je rangeais mon linge. Mon entourage, c'est-à-dire Cece, savait que je travaillais sur un gros dossier de type secret.

18

Les souvenirs de ces dernières semaines dégringolaient sur mon clavier sans crier gare. L'impudeur avec laquelle les sept membres des Bouffeurs anonymes se livraient était le fait le plus marquant. Fidèles à leur dénomination, les groupes inspirés des A.A. respectaient tous sans exception un anonymat rituel impérieusement nécessaire à la délivrance dudit mal ; les Bouffeurs anonymes, non.

Sans filtre, ni cadre réellement contraignant, leurs récits comportaient des noms, des dates ; pour certains, une généalogie, pour tous, ils se concluaient par une pseudo-analyse psychologique imposée par Louis, ce qui les poussait à se livrer encore plus intimement.

Autre fait notoire, les membres du groupe étaient toujours les mêmes, peu nombreux (j'imputais cela au caractère illégal de la réunion), et, s'ils étaient tous issus de milieux sociaux différents, de quartiers différents, et appartenaient à des classes d'âge différentes, une homogénéité incongrue émanait de leur association temporaire. Ils ne se réunissaient que depuis une petite année, et pourtant leur structure semblait aussi solide qu'une armature de gratte-ciel faite de poutres d'acier inoxydable. Je mettais cela sur le compte de leur fascination partagée envers Louis, dont j'avais moi aussi subi les effets. Il avait été pour moi tel Jupiter : une planète étincelante dans le ciel abyssal. À peine concurrencée par Saturne, son opalescence hypnotique accaparait l'attention des rêveurs perdus aux alentours d'une Voie lactée diffuse. Son éclat me rappelait des voix tapies dans l'ombre d'une enfance pétrie par les mythes de la Grèce antique. Lors de mes observations astronomiques, je renommais toujours Jupiter de son nom d'origine. Zeus, fils de Cronos. Zeus, celui qui échappe à l'ogre. Sauvé par sa mère de la malédiction d'être mangé par son père, Zeus fomenta la mort de Cronos afin de libérer ses frères et sœurs du ventre du titan. Zeus captura le Temps et devint puissance éternelle. Au début de notre rencontre, Louis exerçait sur moi une attraction digne de Zeus.

Je l'imaginais être le frère libérateur, celui que je n'avais jamais eu, celui qui m'aurait sorti de la nasse parentale, celui auquel je me serais attaché pour la vie, une vie moins monotone, moins solitaire, une vie où les tracas auraient évolué entre nos deux êtres, les bonheurs aussi, une vie où la jalousie éprouvée par moi, par lui, aurait été telle un cadeau, l'expression d'une fraternité imputrescible. Un instant, il avait été ce frère silencieux, discret et invisible, celui dont ma mère parlait parfois dans des monologues au timbre mineur et mélancolique, celui dans l'ombre duquel j'avais grandi sans savoir s'il était né avant, après ou pendant moi, sans même savoir s'il était vraiment né un jour. Il existait dans les délires maternels de mon enfance, jouant à mes côtés, respirant, pestant, à la fois présence vaporeuse et béance immatérielle parfois concrétisée par un soupir que je croyais entendre derrière le mur de ma chambre. À ce frère fantomatique, ma mère livrait des secrets dont je n'étais pas digne, car je ne parlais pas ce dialecte où la langue s'alourdissait comme celle d'une baleine sous l'effet exaltant des anxiolytiques opiacés. Adolescent, j'avais goûté aux vapeurs de la marijuana qui m'ouvrait à des mondes intérieurs, au-delà de l'euphorie. Là, je tâtonnais à la recherche de cet autre imaginé. Mes visions me guidaient vers les entrailles de ma mère, que je remontais tel le saumon qui fraye à rebours du courant de la rivière qui l'a vu naître. Ses trompes blanches abritaient des possibles stériles. J'interrogeais sa cavité utérine, sondant la muqueuse à coups de poing, espérant entendre résonner la présence fanée d'un autre que moi. Le silence sourd s'épaississait à mesure que l'atmosphère de la pièce dans laquelle je fumais se chargeait de volutes aigres-douces. Il me maintenait dans un entre-monde cotonneux dont je n'émergeais qu'au petit matin. Cela, je ne l'avais pas raconté aux B.A. Ni à Louis ni à Cece. Je me réservais cette profondeur intime, pensant qu'elle était la clé de compréhension de mon être. À cette pensée, un temps d'arrêt. Je m'aperçus que Cece n'avait jamais témoigné durant les réunions auxquelles j'avais officiellement assisté. Elle souriait, se caressait les dents du bout de sa langue rose, encourageait les uns et les autres d'un hochement de tête bienveillant, aidait activement à l'installation et au rangement de la salle, mais restait muette, me rappelant la vieille Olga de Louis. Je raconterais son histoire par bribes, tel le fil rouge d'une saga. Dans ce récit encore non écrit, elle se taillait la place de la figure tutélaire, à la droite du mentor dont je prévoyais un grand portrait afin d'expliquer en quoi ce groupe était si différent de ceux habituellement calqués sur les Alcooliques anonymes.

La perspective de cet article me glaçait parfois le sang de culpabilité. Donner les noms, les dates, les lieux exacts ? Dénoncer ? Ou brouiller les pistes, flouter les visages, gommer les dates ? Protéger ? Perplexe face aux réponses qui suintaient naturellement de mon cerveau (je penchais plutôt pour la première option), je me grisais de promenades, comptant sur le flux ininterrompu de mots pour décider à ma place.

19

Je méditais beaucoup, connectais parfois ma conscience à celle de Nbdspø. Mes sens en alerte scannaient tout mon environnement. Les bruits et les odeurs de la rue m'agressaient. Pour faire des courses, je portais en permanence mes pods et des lunettes de soleil. Je sortais d'ailleurs de moins en moins.

Je ne fis qu'une seule excursion, durant laquelle je m'étais imposé le non-port de pods, juste pour voir. J'aimais parfois écrire assis à une table de la bibliothèque Forney. Je m'installais toujours à l'étage, avec une barricade de livres de chaque côté de mes épaules pour ne pas être dérangé. Du balcon de pierres aux allures gothiques, je surplombais les nuques frêles des étudiants besogneux, comme prêts à l'abattage.

Les figues pointaient déjà sur l'arbre en face de l'entrée.

La bibliothécaire embaumait l'adoucissant senteur fleurs blanches. J'avais toujours détesté les odeurs de lessive. Et celle-ci me prit au nez jusqu'à provoquer un écœurement proche de la nausée. Je ne compris pas tout de suite pourquoi. Je cherchai une explication dans le physique malingre de la fonctionnaire : des avant-bras à l'ossature trop fine dont la peau, très blanche, était protégée d'un léger duvet noir, des épaules du même acabit dont la maigreur était accentuée par la lourdeur de la poitrine. Un visage de moineau au nez retroussé surmontait cette fragile charpente. Les yeux, d'un brun anodin, contrastaient fort avec la pâleur du visage, pourtant animée de points noirs situés juste sous la lèvre inférieure et sur la pointe du menton. Le nez, que l'on aurait pu qualifier de mignon s'il eût appartenu à un autre visage, était bordé de rougeurs, tout comme ses paupières, qu'elle releva. Elle pointa le menton vers moi.

— Oui ?

Je fus fouetté par son haleine de coriandre. Deuxième agression. Je faisais partie des gens qui tiennent cet aromate en horreur.

Un vieil instinct refoulé refit surface. Je tentai de me contrôler, en vain.

Enjôleur :

— Bonjour, mademoiselle.

Charmée :

— En quoi puis-je vous aider ?

Acerbe :

— Pourriez-vous aller vous brosser les dents ?

Interloquée :

— Je vous demande pardon ?

Contrit :

— Excusez-moi, j'étais dans mes pensées. Je cherche des ouvrages sur la cuisine scandinave.

Intéressée :

— Oh ! cela fait longtemps que plus personne ne s'est penché sur cette question. Quelle période vous intéresse ?

Je ne pus m'empêcher d'élaborer un long monologue sur la pureté de cette gastronomie essentialiste. La bibliothécaire, intriguée par tant de connaissances, chercha à en savoir plus sur moi. Je romançai ma vie sans vergogne, accentuant les moments de grâce, dramatisant les plongées dépressives, mettant en scène mes succès et choisissant avec soin un champ lexical charnel pour parler de mon métier.

— Mais je parle de moi, de moi, de moi alors que ce qui m'intéresse, c'est vous ! Comment se retrouve-t-on chargé d'une bibliothèque historique ? J'ai toujours adoré ce lieu. La roche calcaire, le double étage, ce sentiment d'être dominé par les livres.

— Je ne me l'étais jamais formulé ainsi. Mais c'est vrai que cette gangue d'ouvrages m'a toujours rassurée. J'ai l'impression d'en faire partie. Je ne me sens pas dominée mais intégrée. Et je les connais intimement.

Mon parcours n'est pas très intéressant, de concours en concours, j'y suis arrivée.

Je la questionnai sur sa vie intime. Comme je savais si bien le faire, je l'écoutai en pensant à autre chose. La bibliothécaire, en confiance, soliloquait sans s'en rendre compte.

— … cela fait maintenant plusieurs mois que je vis seule. Vous comprenez, après être restée si longtemps au chevet de Papa, j'avais besoin de souffler, de me retrouver.

— Et ça ne se fait pas sans heurts, vu l'état de votre peau.

La bibliothécaire fut piquée dans sa pudeur.

— Oh ! ça… ? Oui, c'est gênant. C'est vrai qu'au début j'étais mal à l'aise à l'accueil. Mais on s'y fait. Et puis ça passera, avec un peu de repos.

— Vous devriez peut-être changer de régime alimentaire.

— Pour ma peau ?

— Non, pour votre maigreur.

Un silence gêné, comme je les aime, s'installa durant un temps qui dut paraître long à la bibliothécaire. Je lui laissai le soin de le briser.

— À force de s'occuper des autres, on oublie de s'occuper de soi, philosopha-t-elle dans un rire retenu.

— Ah, je n'avais pas vu vos dents, lâchai-je dans un rictus cynique.

— Mes dents ?

— Oui, je prête toujours beaucoup d'attention aux dents des gens. Sont-elles tordues, chevauchantes, du bonheur, bien entretenues ? Ça en dit long.

— Ah, c'est pour ça que vous vous faisiez cette réflexion tout à l'heure à mi-voix sur le brossage de dents ?

— Non, en réalité, je voulais que vous alliez vous brosser les dents. Votre haleine de coriandre m'indispose.

— Enfin, monsieur…

— Vous avez une brosse à dents dans votre tiroir ?

— Oui, mais je ne compte pas me brosser les dents juste pour vous.

— Ah bon ? Comment viendriez-vous dîner avec moi ce soir, dans ce cas ?

Silence.

Sourire froid.

La bibliothécaire, interdite, me regardait. Je ne cillais pas. Au contraire, mon air était des plus impératifs. Elle ouvrit son tiroir de droite, en sortit une petite trousse de toilette en cuir rouge tachée de gras, dézippa, tira sa brosse à dents et un minitube de dentifrice Émail Diamant, packaging beigeasse avec un toréador aux dents blanches. L'anachronisme de ce dentifrice me fit sourire. J'étais charmé par la désuétude de cette femme. Elle serra son attirail dans sa main, se leva, les yeux baissés, et se dirigea vers les toilettes.

Je pensais à la pâte rouge vif qu'elle appliquait sur sa brosse à dents, à l'odeur passée de chlorophylle, aux gencives boursouflées par le frottement certainement agressif que la femme leur infligeait. Elle revint, toutes dents dehors. Je lui indiquai alors froidement le titre des ouvrages que je désirais consulter ainsi que le numéro de ma place et lui tournai le dos.

Pour me ressourcer, je soignais aussi mon potager. Je préparais des salades de légumes vierges : crus avec un filet de jus de citron, de l'huile d'olive et de la fleur de sel.

Je sortais toujours très peu. Mes promenades étaient mentales. La première fois que Cece vint me revoir, je la tins à distance pour qu'elle comprenne que j'avais besoin de calme. Un peu triste, elle m'avait embrassé, passé la main dans les cheveux. L'un d'eux s'était pris dans l'ongle cassé de son index droit. Ça m'avait énervé au point que je l'avais congédiée. Elle revint quelques jours plus tard, avec à la main des plats cuisinés en guise d'excuse. Je n'y touchai pas, dégoûté par l'attention, le temps, l'ingéniosité qu'elle avait dû y mettre. Nous avions fait l'amour une fois. Mais, connaissant la consigne, elle se contentait de passer m'embrasser puis disparaissait. Sa discrétion était bienveillante.

Un jour, pourtant, je lui demandai de rester. Je lui préparai une de mes salades vierges, accompagnée d'une eau fraîche de fenouil. Mes colocataires n'étaient pas là, nous profitions du calme sur la terrasse. Elle avait lâché ses cheveux et portait cette robe en crêpe de coton rose pâle que je lui avais vue lors de notre première rencontre au marché de la place Monge. Deux perles blanches, très petites, ornaient les lobes de ses oreilles. Elle regardait les immeubles octogonaux de la rue de Montempoivre. Peut-être comptait-elle les côtés des fenêtres, huit par huit ? Elle semblait absorbée par sa contemplation. Le babil d'un merle annonçait la tombée de la nuit. Les filaments des cirrus griffaient un ciel entre flamme et indigo. Je l'embrassai dans le cou. Mes lèvres s'attardèrent sur sa carotide. Le battement du sang dans son artère m'excita. J'aspirai sa peau entre mes lèvres. Elle ne réagit pas. Je suçai chaque once de sa chair jusqu'à ce que ma bouche picote sous la pression. Une trace violacée marquait, à présent, son épiderme.

Il fallait qu'elle sache. J'avais envie de tout lui dire. Les deux articles en préparation, les clics, mon « h », mon « s »… Elle avait près d'elle un homme, un vrai, qui allait valoir beaucoup d'ici quelques semaines. Je serais enfin l'homme que j'avais toujours rêvé d'être : puissant, intelligent, célèbre. Et c'était aussi grâce à elle. Je voulais qu'elle entende à la fois ma reconnaissance et ma grandeur. Je lui ferais l'amour comme jamais. Là, sur la terrasse, je m'agenouillai, soulevai le voile de sa robe, disparus entre ses cuisses. Mon souffle chaud et insistant traversait le coton blanc de sa culotte. Une odeur de bergamote me faucha les narines. Je fourrai ma langue entre le tissu et les poils à la recherche de ses muqueuses. Un flux de cyprine me guida. Ma langue nerveuse jouait avec la tendresse de sa chair. Cece se tendit. Me sentant encouragé, j'insistai là où ça me semblait sensible. Elle souleva son bassin. Je lui courais après avec ma langue, le visage prisonnier de ses jambes. Je ne voulais plus la lâcher. Je ne faisais qu'un, avec moi-même. J'étais enfin entier. Mes lèvres l'aspiraient comme elles l'avaient fait un instant plus tôt sur sa carotide. Cece gémit et me repoussa d'un coup de pied vif. J'étais au sol, repu et hébété. Elle se leva, enfila ses sandales et claqua la porte.

Incompris, je restai bandant sur les tomettes de la terrasse, les yeux perdus dans le ciel. Les cirrus avaient disparu. Pourquoi était-elle partie en plein orgasme ? J'éludai la question dans un mouvement répétitif de ma main sur mon membre. Il était gonflé, satisfaisant, doux et puissant. Saisi, je ne fis rien de plus. Au fil des secondes qui passaient, la trace indélébile de cette force, pulsant dans mes veines encore gorgées de désir, se gravait au creux de ma paume.

20

Ce mardi soir fut différent des autres. Au lieu d'installer les chaises en cercle, comme il le faisait d'habitude, Louis avait rassemblé plusieurs tables pour n'en former qu'une longue, digne de la Cène. La blancheur de la nappe faisait ressortir les motifs géométriques bleus des assiettes en céramique. C'était très années trente, XXe siècle s'entend. Des carafes en verre soufflé, très fin, contenaient de l'eau. Les couverts étaient en argent. Les verres Duralex ne juraient pas avec ce faste car deux grands plats en métal ainsi qu'un énorme saladier en plastique contenant une batavia effeuillée répondaient à leur esthétique de cantine. Lorsque tout le monde fut là, Louis nous invita à nous asseoir, lui en bout de table, les autres sans ordre précis de chaque côté, formant ainsi une sorte de haie d'honneur guidant droit vers le chef. Il n'expliqua pas ce changement de programme. Alors qu'il servait avec détermination les lasagnes de sarrasin végétariennes, je me disais qu'il était parti à la chasse. Il avait l'expression du prédateur qui a raté sa proie, à la fois contrit et énervé par l'échec, sans parler de la faim qui tenaille encore celui qui a gâché une part de son énergie vitale. Lorsque toutes les assiettes furent pleines, il prit la parole.

Il avait convoqué ce dîner car nous étions à présent les dépositaires de son histoire passée, présente et peut-être future. Je ne m'étais pas trompé. Poussé par l'émotion dont il fut pris après sa dernière séance, il était parti à la recherche de Myriam.

Il n'avait que peu d'indices mais beaucoup d'instinct. Lorsqu'il avait quitté Myriam, elle commençait à écrire pour des quotidiens nationaux. Louis avait retrouvé sa trace au fil des articles qu'elle avait signés. Ils étaient nombreux, fournis, intelligents. Du *Huffington Post* au *Monde* en passant par *Vice* et *Society*, les journaux avaient été noyautés par son verbe cru et sa sensibilité hors du commun. Elle avait flairé pas mal de scandales, en avait révélé la plupart, mais tout s'arrêtait juste avant l'élection de Nbdspø. En fouillant avec un peu d'insistance, Louis était tombé sur un article évoquant les étoiles filantes de l'ère pré-Nbdspø. Myriam y figurait, il était dit qu'elle était alors employée au *Monde* et vivait au seizième étage de la tour Croulebarbe.

Un soir, il s'était surpris piétinant sans s'en apercevoir la dalle des Olympiades avec une seule idée en tête : revoir Myriam. Un pho végétarien lui avait fait le plus grand bien, apaisant ses doutes. Qu'avait-il à perdre ? Rien. Au pire, elle ne le reconnaîtrait pas. Au mieux, ils renoueraient gentiment, laissant leur passion morte derrière eux pour construire une amitié apaisée, conforme aux normes actuelles. C'était tout ce dont il avait envie : quelque chose de familier, connu, dans cette époque où il se sentait seul. Penser à elle lui redonnait le goût de lui-même. Peut-être que la revoir le ranimerait ?

Il était sorti du restaurant vietnamien sans un mot, convaincu qu'il devait se diriger vers la tour où elle avait vécu. Il marcha le long du parc de Choisy, guidé par la fraîcheur de la fontaine, qui n'avait pas été éteinte. Des postillons d'eau faisaient office d'embruns urbains, tandis que le ressac de la mer était interprété par les voitures filant vers la place d'Italie. Il joua avec les pavés, vestiges d'une époque aux saillies oubliées, glissa sur le marbre devant le centre commercial avant de suivre les courbes du boulevard Auguste-Blanqui. Des attelles de métal qui servaient autrefois au métro aérien étaient devenues inutiles car trop bruyantes. Les rails crissant dans la nuit au contact des voitures usées avaient été réduits au silence par des riverains épris de sérénité. Nbdspø avait permis au calme de régner. Une végétation luxuriante dégoulinait de ces structures Eiffel. Les Parisiens allaient s'y nourrir puisqu'ils étaient invités à y cultiver leur potager personnel. Louis nous décrivit le piquant des fleurs de courge en bourgeons, la douceur des pois en devenir, l'acide des cerises arrivées à maturité et même la chair morte d'un mulot récemment trucidé par un renard. Sa crotte légèrement vrillée à l'extrémité et posée en haut d'un petit monticule de terre, pour une meilleure diffusion olfactive dans l'air, en attestait. Louis ne la voyait pas, mais l'imaginait à l'odeur : brune, mélange de petits os, de poils et de restes de fruits. Le musqué dominait. Louis s'en dégagea en bifurquant vers la droite.

Difficile de suivre une piste lorsque tout est de bitume. Il flairait une possibilité sur sa gauche. De grandes tours se dressaient. Masse opaque dans la nuit noire, elles menaçaient l'homme solitaire. Des drones de surveillance bravaient les bourrasques chaudes qui soulevaient les feuilles prématurément tombées des arbres. Envolé aussi, le sable des parcs alentour venait se coller à sa peau moite. Son visage était recouvert d'un film poussiéreux que personne ne distinguait dans l'ombre. Il se fondait dans le paysage tel le prédateur en attente de sa proie. Mais il ne savait plus dans quel paysage il se tenait. Sa boussole interne divaguait, aimantée par des injonctions contradictoires. Louis n'en pouvait plus de ce combat entre le moi et le surmoi. Il n'en pouvait plus de réfléchir comme un être évolué. Il voulait se laisser aller à ce qu'il sentait. La retrouver. L'oublier.

Son corps oscillait entre les deux possibilités ; tantôt rafraîchi par les souvenirs d'il y a vingt ans, tantôt tétanisé par ce qu'elle avait pu devenir.

Il suivit un dénivelé jusqu'à faire face à de grands arbres sombres ; un reste de pollen envahissait l'air. Il éternua. Déboussolé, il reprit ses esprits et reconnut de l'autre côté du parc la silhouette de la tour Albert. Certains l'appelaient la tour Croulebarbe, je souris à l'idée de toute la décadence contenue dans ce nom. Mais « Albert » était plus proche de la réalité visible... Toutes ces lettres qui frôlaient les sommités, la dernière syllabe ouverte faisant appel d'air : cela concordait avec le bâtiment dressé sur ses ergots d'acier et de béton. Je visualisais la régularité du dessin des fenêtres sur la façade qui instaurait un rythme de lecture rassurant, réveillé ici et là par une lumière ocre, signe de vie tardive, ou d'insomnie précoce.

Louis avait parcouru peu de distance en beaucoup de temps, freiné par sa crainte de réveiller le passé. Mais les temps étaient maintenant confondus. Au pied de l'immeuble, le présent anéantissait tout, permettant au futur d'advenir. Il poussa la porte du hall. Les hauts miroirs lui renvoyèrent l'image d'un homme élégant malgré son air perdu. Je l'avais trouvé changé, ces derniers temps. Il nous confirma qu'il avait retrouvé de son assurance. Il se délecta de cette vision que lui procurait le reflet sombre du lobby. Ainsi il n'eut plus peur. Myriam le reconnaîtrait et l'admirerait à nouveau. De ses pores se dégagerait le parfum retenu d'un bouton de jasmin clos depuis trop longtemps. Il monta dans les étages par l'escalier, poussa la porte de secours à chaque palier, examina chaque pas de porte, chaque recoin. Il fit le tour de huit cent soixante-dix-sept poteaux, farfouilla dans les angles des vingt-trois étages, huma le béton des quatorze mille mètres carrés jusqu'à ce que soudain la neutralité de l'air se chargeât d'un fumet lourd et angoissant.

Louis chemina avec prudence vers la source de l'exhalaison. Il était redescendu au rez-de-chaussée. Un petit jardin bordait l'entrée de la tour. Deux hibiscus cachaient une porte qu'il n'avait pas vue jusqu'alors. Surpris, il se demanda quel était le mot pour anachronisme géographique. Pourquoi y avait-il des hibiscus dans le XIIIe arrondissement de Paris ? Le seul endroit où ils poussaient était proche de l'Élysée, où ils étaient bichonnés par les jardiniers du président. Qu'est-ce que cette anomalie végétale dissimulait ? Une bouffée de liberté ? Le débarras du jardinier ? Un transformateur électrique ? Ça ne sentait ni la terre ni le câble de cuivre. Louis s'approcha sans un bruit de la porte de bois et y colla son oreille. Mais ce fut son nez qui réagit en premier. L'âcreté de l'air était devenue insupportable. Il bloqua sa respiration nasale et reprit son souffle par la bouche. Sur ses papilles, ça picotait. À la porte, ça ronflait.

Il gratta le bois, voulant provoquer une réaction sans trop déranger non plus. Un reste d'essence de pin s'échappa de la porte. Vivifié, Louis gratta un peu plus fort, toqua, frappa. Un grognement. Il tourna la poignée de la porte et fut submergé par un effluve aigre-doux, mélange d'urine, de sueur et de beauté retrouvée. C'était elle.

Dans le faisceau blafard de la lampe-torche de son téléphone, il reconnut la blondeur presque blanche de ses cheveux. Ils n'étaient plus soyeux comme il y a vingt ans, mais toujours aussi longs, emmêlés autour d'une taille empâtée. Ils surgissaient du crâne déformé par la dread géante que formait la chevelure mal entretenue. Louis éteignit son téléphone. Une fraction de seconde et il fut pris de frissons.

Il n'était pas choqué par la blatte courant sur le visage de Myriam mais par la peau même du visage. Naguère tendre papyrus rehaussé de touches incarnates aux joues, elle était aujourd'hui grêlée de minuscules pustules jaunes. Tout son profil était piqué de ces reliefs malsains et luisants. Louis ralluma la lumière, juste un instant. La salive envahit sa bouche. Non seulement le front, les ailes du nez et les joues mais aussi ses si fines paupières, l'ourlet de ses lèvres étaient attaqués. Il aurait voulu les embrasser pour tout effacer. Il se pencha vers elle, dans un geste princier, et malgré lui lâcha un jet de bile sur le profil déjà abîmé.

Elle se releva d'un coup sur son séant.

— Mais c'est dégueulasse ! T'es qui, toi, pour me vomir dessus !?

Je n'avais pas pu m'empêcher de pouffer à ce moment, brisant la dynamique dramatique du récit. Louis me fusilla du regard.

La voix de Myriam était réfrigérante. Quelque chose avait mal tourné dans sa vie. Louis s'était excusé dans un murmure et avait sorti un mouchoir de son sac. Il essuya le visage de Myriam. Au travers du Kleenex, il avait senti les billes de pus exploser une à une au contact de ses doigts. Il fut repris d'un spasme. Il serra les lèvres pour ne rien laisser filtrer, cracha discrètement sur le côté et continua de nettoyer. Elle repoussa sa main, découvrant la sienne, elle aussi rongée par la maladie. Il recula par réflexe et fut saisi par les relents de merde qui émanaient de l'habitacle. La chaleur de l'été réveillait les molécules les plus virulentes. Elle alluma une lumière. Ses yeux vides comme des puits sans fond n'offraient plus les fines branches de ses cils pour éviter la chute mortelle. Louis tomba dans l'abîme oculaire sans crier gare. Lorsqu'il reprit ses esprits, il vit des monceaux de tissus verdâtres et marronnasses recouvrant le sol et le corps de Myriam. Comme un uniforme, ils la transformaient en monstre marécageux. De ses ongles noirs, elle se gratta la tignasse, réajusta quelques mèches autour de son front jaunâtre et enleva une crotte de son nez. Elle leva enfin ses yeux vides vers lui et sourit.

Louis restait muet, fasciné par la couleur des dents qui se découvraient à lui. Il connaissait bien les dents noires de bétel des vieilles Vietnamiennes, les chicots jaunis à la Gitane maïs et ceux striés par des litres de café. Myriam était unique. À moitié recouvertes par des gencives violettes et boursouflées, ses incisives étaient tachées par endroits de plaques de tartre orangées. Sa langue épaisse jouait maladroitement avec les aspérités colorées en attendant que Louis déclinât l'objet de sa visite. Il allait falloir parler.

Ce fut d'abord un murmure. Le grand cuisinier tentait de prononcer le prénom de sa femme retrouvée. Il butait sur la première lettre, provoquant un ersatz d'onomatopée jouissive : « mmm ». Le reste ne sortait pas. Mais Myriam était déjà tout ouïe, elle hochait la tête, les yeux brillants de reconnaissance : quelqu'un l'appelait. Cela faisait des années que personne ne l'avait fait. Louis, empêtré, ne voyait pas qu'elle était déjà prête à la conversation. Lorsqu'il réussit enfin à prononcer le prénom entier, Myriam se referma comme une huître. Elle se recroquevilla dans ses couvertures, et marmonna, en colère.

— Que dis-tu ? demanda doucement Louis.

Grommellements.

— Myriam ?

Silence.

— Myriam, c'est moi, Louis. Te souviens-tu ?

Silence.

— Myriam...

Elle jaillit, hydre d'étoffes maculées, et hurla. Le cri n'était que colère et désespoir. Louis ne put le supporter, il se boucha les oreilles. Malgré lui, il entendit.

— Ne m'appelle plus jamais comme ça ! Tu entends ?! Plus jamais ! Je ne m'appelle plus ! Tout ce qu'il me reste est cette lettre « M » ! Qu'est-ce que tu viens faire ici ?

Il ne sut quoi répondre. Le silence dura longtemps. Il n'y eut qu'elle pour le briser. Elle raconta, elle raconta tout, alors que Louis s'était endormi. Anesthésié par les odeurs, il avait perdu pied. Dans une diarrhée verbale acide, M. livrait son histoire depuis qu'il l'avait abandonnée jusqu'à aujourd'hui. Louis s'était éveillé au milieu du récit, percuté par le ton de M., qui venait de changer. Elle avait retrouvé la voix de ses vingt ans. Il la contrefit avec tendresse, optant pour la première personne du singulier, persuadé qu'il réussirait à la faire revivre sous nos yeux. Son ton était rocailleux et mou à la fois, irréel.

— … Une affaire m'a enfin permis d'exploser. J'avais réussi à me faire embaucher dans un resto clandestin où dînaient les hommes les plus influents de France. C'était là que se dessinait l'avenir du pays. La planque rêvée pour choper les infos les plus croustillantes. Je me suis glissée dans la peau de la petite serveuse mignonne qui n'a pas grand-chose à dire mais qui sait bouger son corps. Au bout de huit mois, l'ami proche d'un député m'a proposé de faire partie d'un réseau de « bons vivants ». Évidemment, j'ai accepté, et, grâce à ce corps qui ne m'appartenait plus depuis que tu m'avais quittée, j'ai mis au jour le réseau de prostitution interne à l'Assemblée nationale. De quoi te dégoûter du sexe, à vie.

Là, Louis s'interrompit. Il avait frissonné. Était-ce de dépit ou de dégoût ? Il devait regretter de ne pas avoir su être là pour elle. Il souffla et reprit son imitation avec moins d'entrain.

— La salle des pas perdus a frémi lorsque mon article est paru à la une du *Monde*. Le journal m'a tout de suite proposé une place. J'avais la responsabilité de couvrir l'évolution de l'extrême droite européenne.

« Louis, tu aurais été tellement fier. J'ai brillé, au-delà de toutes mes espérances. Je planais complètement. Je me sentais intouchable, immortelle. J'étais passée du statut de sombre merde à celui d'étoile au firmament. J'enchaînais les révélations. Je me sentais tellement puissante que j'envoyais chier tout le monde au boulot. Je ne supportais plus aucune forme d'autorité. J'ai quitté *Le Monde* au bout de six mois et je me suis installée en free-lance. J'ai inondé la presse de mes articles à scandale.

« Le succès n'effaçait pourtant rien de mon mal-être. J'étais devenue moi aussi un personnage public, une véritable coquille vide, sans aucun désir. L'abstinence devait me rendre encore plus désirable, vu le nombre d'avances que je déclinais. C'était ma nouvelle arme pour entrer dans les profondeurs officieuses des affaires publiques. Je l'ai cultivée. Je te passe les détails de ces années de labeur durant lesquelles j'étais l'incarnation de la mondaine solitaire. Des années passées face à mon clavier et à l'ignominie humaine, jusqu'au jour où quelque chose s'est illuminé. Je n'y ai pas cru, au début.

« Un mec : Jérôme. Doux, galant, un peu provoc, il était du milieu politique, certes, mais différent. Une forme d'humilité tapissait le fond de son regard. Rien d'ambigu entre nous. J'ai renouvelé mes vœux de chasteté auprès de moi-même. Immédiatement.

« Il était médecin anesthésiste et avait bifurqué vers la politique après avoir participé à un Ségur de la santé. Il continuait à exercer de temps en temps dans une clinique privée pour des patients prestigieux. Parmi ses fidèles, il comptait des hommes politiques, justement, des cantatrices, des patrons du CAC 40, mais aussi des décideurs du monde alternatif, des grandes gueules, qui cherchaient à être opérés « le plus naturellement possible ». Il avait été parmi les premiers à introduire les hypnotiseurs et les magnétiseurs dans le milieu hospitalier. Il était réputé pour ça et son réseau, qui, de loin, pouvait sembler hyper hétéroclite, était très riche. Beaucoup de gens aux intérêts divergents lui faisaient confiance. Bref. Quand il n'endormait pas ses patients, il était au ministère de la Santé, ou dans des musées avec moi. On aimait se donner rendez-vous au pied de sculptures, au musée Rodin les jours de beau temps, au musée Zadkine les jours de pluie.

« Le temps passé ensemble était doux comme les chocolats chauds ou les thés chinois autour desquels on devisait sur la politique actuelle. La conversation glissait parfois vers mes sujets d'enquête. J'adorais lui raconter mes petites trouvailles. Il me filait des tuyaux. Pour la première fois depuis longtemps, j'avais confiance.

« Jérôme avait de l'ambition. Il évoluait vite. Ses fonctions au ministère de la Santé l'avaient amené à repenser toute la société française. Il faisait preuve de bon sens et ne se préoccupait que de l'intérêt général. C'était disruptif. En trois ans, il était passé de simple conseiller du ministre à ministre tout court. Cette fulgurance me faisait halluciner. Il accumulait les responsabilités. Ses propositions étaient très écoutées. Tout le monde était fan.

« Entre nous, rien ne changeait. Toujours ce truc presque fraternel. On savait qu'on veillerait toujours l'un sur l'autre, qu'on se soutiendrait quoi qu'il arrive. Un jour, on était devant une sculpture de Patrick Charnin, une sorte de portrait à la Arcimboldo en pâte de fruits. Ça n'était pas très réussi, mais ses fruits confits sont dingos. Bref. On critiquait la lourdeur du geste. Et il me dit de but en blanc qu'il pensait se présenter à la présidentielle. Son programme : le bien-être pour tous.

« Je me souviens avoir pensé que c'était quand même un drôle de mec, hyper discret, humble, attentif aux autres mais avec une ambition démesurée. À bien y réfléchir, je n'étais pas si étonnée que ça. C'était Jérôme, quoi. Il allait être élu. Bref. J'ai réagi spontanément : "OK, j'arrête d'écrire et je te soutiens." Lui non plus n'a pas été étonné par ma réponse. Un regard nous a suffi pour savoir que c'était parti. Et surtout qu'on allait réussir. J'ai annoncé mon retrait de la vie journalistique pour deux ans et j'ai bien rigolé en voyant les visages déconfits de mes rédac chefs. Personne ne comprenait, moi, je m'en foutais.

« Ma vie avait retrouvé de l'éclat. Je ne m'étais pas sentie aussi bien depuis que tu étais parti. Tout était lumineux, limpide, serein. On s'apprêtait à mener une grande bataille, et je savais que j'avais les épaules pour. Je l'ai accompagné partout. Je lui écrivais ses discours, le conseillais dans les situations tendues, et on continuait de se délasser dans les musées. Parfois, il disparaissait quelques jours.

« Son amour de la clinique ne l'avait jamais quitté. Je remarquais même que, depuis le début de la course à la présidentielle, il y allait plus souvent. C'était sa soupape. Une fois par mois. J'en profitais pour me faire masser, nager, aller au cinéma et dormir. En dehors de Jérôme, ma vie était toujours aussi vide. Je savourais le calme de ma solitude. Tout avait un sens, dorénavant. Je travaillais pour le bien commun.

« Jérôme montait dans les sondages. Le corps politique commençait à le redouter. Il était de plus en plus cité par les médias et comptait déjà trois millions d'abonnés sur Twitter. Son réseau éclectique jouait pour lui. Encore six mois sans un faux pas et ça serait le début d'une nouvelle ère. La concentration était intense, les déplacements, de plus en plus fréquents, les musées, de plus en plus inexistants. Il ne gardait que la clinique comme exutoire. Il y passait une à deux fois par semaine, ne restait jamais plus de trois heures. Je l'attendais dans la voiture, fignolant les discours, le déroulé de la journée, les apparitions publiques.

« Ce jour-là, j'attendais comme d'habitude à l'arrière de la Tesla. Il faisait froid, j'avais demandé à allumer le siège chauffant tout en culpabilisant. L'heure était aux économies d'énergie, à la restriction de la consommation sur tous les plans. L'analyse de Jérôme était triviale. Elle suivait les mises en garde des économistes, des scientifiques et des philosophes. Depuis la fin de la Seconde Guerre mondiale, l'homme est un ogre insatiable. Il consomme à outrance, pensant que son système est plus fort que celui de la nature, pensant qu'il pourra tout reproduire, cloner, synthétiser afin d'avoir, de posséder. Et pourtant l'homme est partie intégrante de la nature. Malgré ses grands rêves de société méga-évoluée, il se cogne à la finitude des ressources naturelles. Il était donc plus que temps d'accepter la réalité : l'Homme est Nature. Pour survivre, il doit changer de paradigme et oublier ses utopies technologiques. Travailler pour Jérôme était galvanisant. Enfin un monde juste. Je réfléchissais à la façon de mettre en place un plan anti-obésité, listais les questions à poser, les contacts auxquels on pourrait faire appel pour brainstormer sur le projet. Et puis le téléphone de Jérôme sonna. Il me le laissait toujours pendant ses interventions à la clinique, au cas où. Je n'ai pas reconnu le numéro mais j'ai décroché. Une voix hystérique m'ordonnait de venir tout de suite à Belfort. Il y avait eu un accident, on avait besoin de Jérôme. J'ai répondu que Jérôme n'était plus médecin depuis longtemps. La voix est devenue menaçante.

“Qui t’es, toi, pouffiasse ? Dis à Jérôme de rappliquer dare-dare. C’est sa sœur qui te parle, là. Sa mère est en danger de mort.” Je me suis excusée et j’ai couru vers la clinique.

« Je n’étais jamais entrée. J’ai repéré le bureau d’accueil, doublé tout le monde dans la file, demandé où était Jérôme. “Dernier étage, au bloc privé, mais il ne doit être dérangé sous aucun prétexte.” C’était comme si je n’avais rien entendu, j’ai vu le monde qui attendait aux ascenseurs et j’ai avisé la porte de l’escalier de secours. J’ai monté les marches quatre à quatre. Au dernier étage, tout était vide. Les chambres semblaient inoccupées. Une flèche rouge indiquait le bloc. Au vol, j’ai chopé une blouse, une charlotte. En courant encore, j’ai essayé de mettre les chaussons en toile non tissée. Je poussais les portes coupe-feu les unes après les autres. J’avais l’impression de plonger vers un enfer à chaque sas. C’était interminable, et enfin j’ai reconnu sa silhouette au travers d’un hublot en verre sablé. Il était penché sur la table d’opération. J’ai tenté de me calmer avant d’ouvrir la porte, rassemblé mes esprits pour savoir comment j’allais lui annoncer la nouvelle. Il ne fallait pas qu’il tremble, pas devant sa patientèle si prestigieuse. Une grande respiration et j’ai poussé la porte. Fermée. Évidemment, on était dans une clinique privée. Tu n’entres pas au bloc comme dans un moulin. J’ai respiré à nouveau. Je n’allais pas frapper, il aurait pu sursauter. Il avait l'air super concentré. J'ai remarqué un pavé numérique. J'ai réfléchi aux numéros fétiches de Jérôme, aux combinaisons libératrices... L'année de notre rencontre, celle de sa mort présumée (on avait fait ce jeu débile sur une appli), celle de la publication du rapport Meadows, l'année de naissance de Zadkine. Bingo ! Un léger clic. La porte s'est ouverte.

« Il était seul. Le patient paraissait déjà endormi. Un champ opératoire cachait son visage. Le papier vert contrastait avec le blanc de la pièce trop illuminée. L'odeur de Betadine mêlée à quelque chose comme de l'éther envahissait mes narines. Je me suis retrouvée plongée dans un état vaporeux. Mon stress retombait. J'étais bien. Je me demandais même pourquoi j'avais couru. Je m'en suis souvenue, fugacement.

« J'essayai d'articuler une phrase afin de le prévenir, mais j'étais saisie par ce que je voyais : Jérôme dansait contre la table, sa blouse blanche voletant au rythme du mouvement de ses hanches, il avait la tête renversée en arrière, les yeux clos. Il marmonnait des sons inintelligibles, des sortes de mantras dont la répétition m'apaisait. Mais quelque chose cognait à contretemps sur la table. Une petite disharmonie. J'ai baissé les yeux. On aurait dit une jambe morte criblée de varices explosées. Elle tapait contre le montant métallique du billard. Sur les chevilles de Jérôme, son pantalon formait une flaque. Je n'ai pas compris ce que je voyais. Mais, machinalement, je me suis décalée sur le côté, j'ai sorti mon téléphone et j'ai filmé la scène. De profil. On reconnaissait bien Jérôme et on voyait bien son sexe, malingre bien que dressé de toutes ses forces vers sa prise. Il entrait et sortait de sous le drap blanc, jouant une partie de cache-cache dont je ne voulais pas comprendre les règles. Le visage endormi de l'autre côté du champ opératoire était celui d'une femme très âgée. Elle souriait dans son sommeil. Un léger gémissement s'est échappé de ses lèvres sèches. Je n'ai pas pu m'empêcher de crier.

« Lorsque je me suis réveillée, j'étais seule, dans ce réduit. Séquestrée, trahie, abusée, peut-être. J'ai été droguée aussi, je pense, nourrie à la cuillère de purées sur-protéinées. Ça, je m'en souviens. Depuis combien de temps étais-je là ? Impossible de te le dire, Louis. Cronos avait été anéanti par Zeus, visiblement. »

Ce fut à mon tour de frissonner en entendant cette phrase. Myriam avait-elle eu accès à mes pensées ? Ou bien avions-nous lu tous les deux trop de mythologie grecque ? Je me promis de lui poser la question si je la rencontrais un jour. Louis, de son côté, était transfiguré par l'histoire. En parlant, il avait adopté des mimiques que je ne lui avais encore jamais vues. Ses lèvres se retroussaient par intermittence, il se caressait les mains l'une contre l'autre comme s'il complotait quelque chose que lui seul comprenait. Pour parfaire la contrefaçon de la voix de Myriam, il rentrait son menton dans sa poitrine, voûtant son dos comme Anthony Perkins à la fin de *Psychose*. Était-ce l'apparence réelle de Myriam ? Une caricature ? Se rendait-il compte du spectacle qu'il nous donnait à voir ? Nous étions comme des enfants au coin du feu, bercés par la voix du conteur…

— Myriam a pris une longue pause avant de continuer. Peut-être qu'elle essayait de compter combien de jours, de semaines, de mois elle était restée inconsciente. Et puis elle a ajouté :

Là, Louis se voûta à nouveau et retrouva sa voix de caillou mou.

— J'ai tenté d'ouvrir la porte. La lumière crue du jour m'a effrayée, j'ai préféré rester terrée ici. D'anciens voisins me laissent des plats et de l'eau chaque jour devant la cabane. Je crois qu'ils ne savent pas qui je suis. Je sors la nuit pour chier, je me torche avec les feuilles d'hibiscus. Voilà, Louis. Ma vie s'arrête là. Il m'a brisée. Ils m'ont brisée…

De sa voix normale, il s'interrogea tout haut :

— Pourquoi s'est-elle arrêtée sur cette phrase ? Qui sont ces « ils » ? Je le lui ai demandé. Elle n'a pas répondu. J'ai aussi voulu savoir depuis combien de temps elle était dans cette cabane. Un silence épais a été sa seule réponse. Pourquoi n'est-elle jamais sortie ? Pourquoi s'est-elle recluse dans ce cloaque ?

Je l'avais connue si combative, pleine de joie. Nous avions tant dansé ensemble. Je lui ai remémoré tous ces moments lointains. Trop lointains, peut-être. Elle n'a pas répondu, épaississant encore la texture du silence. Je lui ai fait remarquer ce changement de consistance dans l'atmosphère. Et puis, comme si la machine s'était dégrippée, elle a recommencé. Sans interruption, elle m'a raconté la part d'ombre qu'elle ne m'avait jamais montrée, celle qui nourrissait peut-être la profondeur sidérale de ses iris.

Son père, un philosophe épris de pureté, voulait qu'elle parle la langue des origines. Il n'émettait jamais un son en sa présence, interdisait à quiconque de l'approcher, persuadé qu'ainsi sa fille retrouverait les onomatopées des débuts de l'humanité. Il l'avait maintenue dans cette gangue cotonneuse jusqu'à ce que sa mère sorte définitivement d'un hôpital psychiatrique où elle avait cuvé sa dépression post-partum durant quatre ans. Elle avait arraché l'enfant au père maltraitant. N'ayant pu l'allaiter, elle l'avait abreuvée de mots. Au point que Myriam en avait fait son métier. Elle avait écrit, peut-être trop, se demandait Louis. La cabane à l'hibiscus avait eu un effet calmant sur son psychisme. Elle avait tenté de sortir, mais la rumeur de la ville, les voix des autres l'avaient poussée dans ses retranchements. Elle était retournée dans son refuge de Croulebarbe. Elle y retrouvait le mutisme qui avait marqué sa petite enfance.

Si l'on recoupait les infos qu'elle distillait dans son récit, elle était là depuis la dernière campagne présidentielle. Bientôt cinq ans durant lesquels le pays avait évolué ainsi qu'elle l'avait pensé. Jérôme était peut-être Nbdspø. Dans ce cas, je détenais un nouveau scoop. Que je ne voulais pas divulguer au risque de finir comme Myriam. Louis lui avait raconté les nouvelles politiques en place. Elle avait éructé : « Je m'en fous complètement. Je ne veux pas être la matrice d'un tel délire ! »

M. était restée dans le silence de son passé. Pas une larme n'avait coulé de ses yeux, nous dit Louis. Seule une longue déflagration avait retenti. D'abord d'allure pincée, comme de l'air s'échappant d'un ballon de baudruche, le gaz rebondit contre les parois distendues de ses tripes et s'échappa en une mélopée rythmée, mitraillette ardente. M. avait gagné son combat, elle sombra alors dans un sommeil lourd de confiance.

Louis observait avec bienveillance ce corps affaissé, meurtri par le désespoir. Il le désemmaillota, caressa lentement, tendrement, la masse granuleuse. Il l'effleura comme elle avait aimé qu'il le fasse vingt ans auparavant. Il se mit nu, osa son corps contre elle, comme le soleil irradie sur les peaux tout juste sorties de l'hiver. Il posa ses vêtements à lui sur elle et s'endormit à son tour.

À son réveil, il avait perdu toute notion d'espace et de temps. Son corps était gavé d'une colère incontrôlable, assoiffé de revanche. Myriam avait disparu. Il était nu au milieu de la marée de tissus puants. Il guetta son retour durant trois jours. Il mangeait les plats déposés devant la cabane. Il sortait la nuit faire ses besoins, ruminait une rancœur inexplicable, chantait pour alléger son esprit. Le quatrième jour, il s'éveilla, persuadé qu'elle ne reviendrait pas. Où avait-elle trouvé la force d'échapper à son refuge ? Louis supposa que son apparition et leur conversation avaient été comme un électrochoc.

Il attendit le crépuscule pour partir de la cabane, drapé d'étoffes verdâtres, seuls souvenirs qu'il garderait de Myriam. Il ouvrit la porte, se glissa hors de l'abri, courut dans la nuit. Il se blottit dans les recoins, se dérobant aux halos violents des lampadaires. Il grappillait chaque mètre de bitume comme un fugitif. L'infecte odeur de la cabane avait anesthésié son odorat. Il cavalait à l'aveugle dans une ville qu'il ne reconnaissait plus. La place d'Italie, le boulevard de l'Hôpital, le Jardin des plantes, le pont d'Austerlitz n'avaient ni nom ni relief. Louis détalait dans Paris à la recherche de son terrier. Épuisé par sa course, il reprit son souffle rue du Figuier. En cette fin d'été, les larges feuilles de l'arbre unique suintaient la sève retenue. L'âpreté qui s'en dégageait ramena Louis à la réalité. Il prit conscience de son odorat retrouvé. Sa boussole intérieure se réactiva. Il rentra à petits pas via les ruelles les plus sombres et les plus étroites.

Arriver chez lui fut douloureux, tout était si propre. Il s'allongea par terre, enveloppé dans les guenilles de Myriam, et se rendormit profondément.

Il lui fallut encore quarante-huit heures pour recouvrer ses esprits, brûler les vêtements de Myriam et comprendre quelle serait l'étape suivante. On était mardi matin. Il avait eu la journée pour réfléchir en cuisinant les lasagnes aux légumes. Pétrir la pâte de sarrasin lui avait permis de faire redescendre la tension qui faisait vibrer son corps depuis le départ de Myriam. Il ne la chercherait pas. Elle saurait le trouver au besoin, lui avait bien réussi. Il avait réuni les B.A. autour de la table car il était arrivé à une conclusion radicale. Avant de l'exposer, il sonda du regard les membres de l'assemblée. Il nous demanda avec solennité de quitter la table si le récit qu'il venait de livrer n'éveillait pas de colère chez nous. Tout le monde resta silencieux, moi plus que les autres encore. Nous étions sous le choc. Il attendit encore une longue minute et expliqua son cheminement.

D'une part, les réunions des B.A. l'avaient convaincu au fil du temps qu'ils n'étaient pas si déviants que ça. Les témoignages qu'il entendait tous les mardis soir mettaient surtout en lumière les difficultés à vivre dans une société coercitive. C'était elle qu'il fallait réformer. D'autre part, ses retrouvailles avec Myriam lui avaient appris un fait indéniable : Nbdspø avait drogué et violé des femmes âgées et malades. Peut-être le faisait-il encore ? Il fallait que l'affaire sorte. Il fallait provoquer la chute du président. Louis se tourna vers moi.

Ma jambe tremblait, incontrôlable. Je posai mes deux mains dessus tout en essayant de conserver un visage neutre. Cece me transperça du regard.

Étaient-ils au courant de quelque chose ? Ou bien se tournaient-ils vers moi parce que j'étais journaliste ? Je leur souriais, l'air penaud, gardais le silence. C'était la meilleure stratégie pour ne pas éveiller leurs soupçons. Ils liraient mon article dans quelques jours, un délai non négligeable pour trouver une réponse à leur question implicite.

Par chance, Louis n'insista pas. Il était épuisé par le récit qu'il venait de nous confier. Il nous pria de débarrasser la table et de rentrer chez nous.

21

J'avais évité Cece jusqu'à ce jour, date de la sortie de l'article sur Nbdspø et ses pratiques alimentaires. J'avais peur qu'elle me parle de l'histoire de Myriam et Louis, qu'elle me pose trop de questions auxquelles je n'aurais pas pu répondre. Je n'arrivais même pas à me les formuler.

Trois jours durant, des images de Jérôme mangeant des fruits confits se superposaient à celle de Nbdspø sirotant son eau de sauge. La chaleur des sièges chauffants de la Tesla, évoquée par Myriam, inondait mon cerveau, anesthésiait les visions de ces fesses blanches qui se balancent d'avant en arrière, étouffait le bruit de la table d'opération qui couine. Comment savoir si ce que disait Myriam était vrai ? J'aurais pu solliciter un entretien avec Nbdspø – une méditation partagée, par exemple –, avant lequel j'aurais évoqué un des souvenirs de Myriam ? Le musée Zadkine ? J'aurais ressenti un changement vibratoire dans la pièce. Ou pas. Le président avait assez de self-control pour ne pas se disperser dans une situation cruciale. Mais surtout avais-je envie de remettre son autorité en question au risque de sombrer moi aussi dans l'oubli, d'être séquestré dans une cahute de potager collectif ? Cette révélation survenait au pire moment pour moi. Autant l'oublier. Continuer ma route.

J'avais noyé mon questionnement dans un travail fastidieux à terminer avant que mon nom paraisse à la une du journal. Je devais vérifier la qualité de ma présence sur Internet. Toutes les trois heures, je me connectais dix minutes, tapais mon patronyme complet et faisais défiler les images, les occurrences, cliquant sur chacune d'entre elles. Dans un dossier intitulé « Au revoir », je référençais toutes celles que je voulais voir disparaître. Photos d'étudiant ivre et boutonneux, premières brèves parues dans un journal de presse régionale sur le quotidien des dames pipi dans les gares, commentaires pseudo-séducteurs sur les réseaux sociaux... s'empilaient sur la page blanche de mon document Word comme autant de lignes de code qui me donneraient accès à une nouvelle identité. Il existait une appli qui fonctionnait comme une broyeuse à papier. Moyennant une coquette somme, on y entrait les liens des pages que l'on voulait voir disparaître de la Toile, après avoir prouvé son identité. Ça me prit des jours. J'étais prêt à investir beaucoup pour m'assurer une arrivée triomphale sur la grande scène journalistique.

Après avoir lu mon article, les gens feraient des recherches sur moi. Je ne voulais pas les décevoir. Je laissai tout de même une petite pépite pour qu'ils sachent que j'étais comme eux, humain. C'était une vidéo de moi, adolescent. Baggy, Vans trop larges, bonnet rouge et doudoune Chevignon sans manches, je m'élance en skate sur la rampe d'un escalier à Montmartre. Le skate file avant moi, et je me retrouve à glisser sur la rampe, jambes écartées et visage effaré.

Comme une récompense à tout ce labeur, je regardais la vidéo en boucle, ivre de rires. Je finis par m'endormir dessus.

Mon téléphone sonna. Certaines fois, il est plus insistant que d'autres. Je n'ai jamais compris comment un objet pouvait laisser transparaître des humeurs. Là, il était impératif. Cece.

Vendredi 10 septembre, c'était le grand jour. J'avais dormi assis à mon bureau. L'article était paru. Elle l'avait lu, elle voulait venir me retrouver. L'excitation dans sa voix fut contagieuse. Mon cœur bondit. J'allais fêter ça avec elle. C'était ce qui pouvait m'arriver de mieux. Je me brossai les dents et me précipitai aux portes de mes colocs pour leur demander si je pouvais utiliser la terrasse et compter sur leur discrétion. L'un dormait et l'autre était au téléphone avec une cliente – elle me répondit par un simple signe qu'il n'y avait aucun problème. Ils n'avaient pas l'intention de mettre le nez dehors par cette magnifique journée de septembre.

Je filai sous la douche. Bien fraîche, elle égaya chaque pore de ma peau. Je me parfumai à l'eau de fleur d'oranger, enfilai un T-shirt blanc, un chino beige, sans caleçon. La liberté totale. Je lui ouvris la porte, pieds nus, le sourire le plus large de ma vie collé aux lèvres. Cece me sauta dans les bras et faillit m'assommer avec une bouteille de champagne glacée. Je l'embrassai goulûment, la reposai à terre. Sa taille était si fine.

Sur la terrasse, au milieu des clématites explosives, elle nous servit deux verres, à ras bord. Elle but une gorgée. Ses yeux brillaient, elle me regardait comme le messie, ou, d'accord… comme un trésor qu'elle avait eu sous les yeux tout ce temps et qu'elle venait de découvrir. Ma poitrine se gonflait toute seule d'orgueil. Je n'avais rien à faire. Je me tenais droit et fier sans aucune volonté. C'était naturel. Rattrapé par un semblant d'humilité, je baissai les yeux vers mon verre et jouai la timidité.

— Alors ?

— Alors ?!!!!! Tu rigoles ? Tu poses la question ?

— Bah oui…

— Mais, Toma !

— Oui ?

— C'est fantastique !

— Vraiment ?

— Vraiment ! Je t'aime, tu sais.

— Merci.

— Non mais tu ne te rends pas compte de la déflagration que ça va être !

— À ce point ?

— Oui, à ce point. Quel génie !

— Génie ?... Tu me flattes.

— Non, je ne te flatte pas. Comment t'as pu imaginer un tel stratagème ?

— Quel stratagème ?

— Eh bien...

— Qu'est-ce que tu veux dire ?

— ...

— Je n'ai pas échafaudé de plan diabolique. De quoi tu parles ?

— Ça n'était pas prémédité ?

— Qu'est-ce que j'aurais pu préméditer ? Non, j'ai juste écrit l'article le plus important de ma carrière. C'est déjà pas mal, non ?

— Oui, oui, l'article est très bien.

— Tu ne trouves pas qu'on est vraiment avec lui ? Hyper proche ?

— Oui, tu as réussi à entrer dans son intimité. C'est pour ça que…

— Que quoi ?

— Non, laisse tomber. Je me suis trompée.

— Non, mais dis-moi.

— Non, non. Je me suis trompée.

Elle posa son verre de champagne et regarda vers les immeubles octogonaux. Le moment que j'avais redouté était très proche.

— Tu ne peux pas me laisser en suspens comme ça. Dis-moi. Qu'est-ce que tu avais imaginé ?

— Pardon, je ne sais plus… Je croyais que tu avais accepté ce reportage pour être plus proche de Nbdspø, pour plaider notre cause, peut-être. Et, après le récit de Louis, je me suis dit qu'on pourrait utiliser cette proximité pour le confondre et qu'il avoue ses actes, malgré lui. Je ne sais pas. Je me suis emballée. Pardon.

— Plaider quelle cause ?

— Bah… Tu n'es pas d'accord avec Louis ? Ce gouvernement est si coercitif qu'il nous empêche d'être nous-mêmes. La gourmandise n'est pas un péché.

— Je suis d'accord avec toi. Mais je ne vois pas comment tu pars de ce constat pour arriver à l'idée que je pourrais piéger le président.

— Oui, je ne sais pas. L'histoire de Myriam est si terrible et, avec elle, celle de notre pays. Je suis probablement encore sous le choc. Je n'arrive pas à accepter.

— Parce que c'est inacceptable. Mais comment veux-tu qu'à notre petite échelle nous fassions quelque chose ?

À cet instant, ma voix parut être celle d'un autre.

— Il m'avait semblé que justement, toi, tu pourrais…

— Mais je n'ai aucun pouvoir, chérie. Tu veux que je finisse comme elle ?

Je bus sa culpabilité d'un trait, terminant du même coup mon verre de champagne. Je m'en resservis une rasade. Cece regardait dans le vide. Je la saisis par la nuque pour l'embrasser. Ses lèvres restèrent serrées. Elle se leva, puis, sans se retourner, m'abandonna une fois de plus, sur la terrasse. J'en avais ras le bol de ces scènes hollywoodiennes où les portes claquaient quand il y avait tant de choses à se dire. Je m'affalai dans un transat, regardai les immeubles octogonaux. Il valait mieux se taire jusqu'à la parution du reportage sur les Bouffeurs anonymes.

Dans le silence, je vidai le champagne à ma gloire. Le col de la bouteille laissa une empreinte froide dans le creux de ma paume.

22

La nuit, je rêvais du bruit des touches d'un clavier.

Clic, clic,

clic, clic.

J'étais ivre de ce son. Derrière celui-ci, des visages inconnus, éclairés par la lumière bleutée de leur écran, découvraient la vie intime de leur président, et mon nom. Toma Ostrommor. Bientôt Thomas Œstrommer. Ça avait plus de panache.

On était mardi. Il fallait que j'affronte une réunion des B.A., Louis, Cece… peut-être pour la dernière fois, ou l'une des dernières fois. Si Louis me demandait d'intervenir auprès du président, ou si Cece partageait son idée, je pourrais me trahir.

Je me résolus à accepter tout ce qu'ils me demanderaient, afin de gagner du temps. J'aviserais plus tard. Je n'avais plus que deux semaines à tenir, et l'article paraîtrait. Je ne m'étais pas aperçu du chemin parcouru entre chez moi et Facefood. Kraftwerk avait rythmé mes pensées sans que je m'en aperçoive. Je composai le code de l'entrée latérale du fast-good, 679B5, frappai à la porte selon le rituel établi et pénétrai, fébrile, dans l'arène de chaises rouges. J'étais le dernier arrivé. La semaine prochaine, je serais le premier, comme le voulait le protocole de sécurité du groupe. Je m'assis sur la dernière chaise libre, près de Cece. Louis m'attendait pour commencer. Il avait l'air ému.

D'une voix tendre, il annonça qu'il avait beaucoup réfléchi aux derniers événements. Durant la semaine écoulée, il n'avait pu s'empêcher de chercher Myriam dans tout Paris. En vain. À la parution de mon article, il était arrivé à une conclusion simple : je devais demander une audience au président, tenter de le confondre, lui soutirer des aveux et le faire tomber. Mais un courrier anonyme arrivé lundi avait tout remis en question. Les références au silence indiquaient clairement que cela venait de Myriam. Louis voulait nous lire la lettre. Il nous épargna l'imitation caricaturale que nous avions dû endurer la dernière fois et déroula.

Je suis un silence. Je suis cet instant qui se glisse entre deux êtres lorsqu'ils sont gênés ; ce souffle qui suit un baiser ; ces points de suspension rebondissant dans la bulle d'une messagerie iChat ; ce sentiment de solitude alors qu'on est côte à côte ; cette attente au pied de l'immeuble quand l'autre n'a pas encore décroché l'interphone ; cette distance qui s'établit entre deux amants au fil du temps.

Je me promène dans les rues des mégalopoles. Je grimpe des escaliers de bois. Je respire l'air chaud des patios andalous. Je me cogne aux moellons de maisons malouines. Je suis partout à la fois et toujours là. Je reste, je m'installe, je modifie la consistance de l'air. Ainsi, les gens finissent par prendre conscience de ma présence.

Aujourd'hui, quelqu'un m'observe depuis sa fenêtre. C'est à Paris. La rue est étroite, composée de ces immeubles de faubourg aux façades blanches uniformes et aux fenêtres multiples. Toutes de taille identique, elles donnent à penser que la ville est un espace sériel où la particularité de chacun serait gommée. En plein jour, l'ombre de ces habitats désertés pour une journée de labeur le confirme. Pourtant, lorsque la nuit tombe, les écrans noirs s'allument.

Au premier étage, seule une fenêtre est allumée. Une femme vient de rentrer chez elle. Elle dénoue ses cheveux. Longs, bruns, ils retombent en cascade sur son gilet de cachemire rose pâle. Elle pose son téléphone sur la commode de l'entrée et passe au salon. Elle se laisse tomber sur un canapé de laine blanc. Sur sa gauche, une desserte en acajou verni. Elle tend la main vers une carafe en verre facetté qui y est posée. Elle la porte à sa bouche et boit une petite gorgée d'un liquide ambré et lumineux. Un sourire acide plisse son visage. Sa tête bascule sur le dossier du canapé. Elle ferme les yeux. Je suis là. Elle se baigne en moi, effleurant chacune de mes particules de son souffle légèrement tourbé. Je l'enveloppe d'un voile subtil. Je berce son abandon de mes notes suspendues. Sa respiration est régulière.

Au troisième étage, une femme, encore. Éclairée à demi par une lampe allumée à la hâte dans le couloir, elle est assise sur le seul tabouret en formica de sa cuisine. L'écran de son téléphone bleute son visage anxieux. Elle porte son pantalon très court et n'a pas de chaussettes. Elle fume une cigarette. Le froid qui s'engouffre par la fenêtre entrouverte enserre ses chevilles. Échange de bons procédés : la fumée pâle s'échappe comme des lames d'acier vers l'atmosphère rétractée de la ville. Elle scrute son téléphone. À intervalles réguliers, elle retape son code pour garder l'écran actif. Je suis là. Elle m'avale à grandes goulées avec la nicotine consumée. Elle me tord, me secoue, me fragmente. Elle ne veut pas m'entendre. Elle me déstructure, resserre mes molécules, compresse ma matière pour la faire disparaître. Mais plus je suis compact et plus je suis lourd. Dans sa colère contenue, elle ne pense pas à ce système d'équilibre pourtant logique. Je me contracte, l'enserre, comme cet air froid qui la menotte par les pieds. Je n'en peux plus. Elle non plus. Elle pose son téléphone sur la table. La coque de plastique claque contre le mélaminé. Cela me détend un peu. Il faudra la vibration de l'objet entier sur la surface thermorésistante pour me libérer tout à fait. Elle pousse un râle de soulagement. Je vibre, moi aussi, en profite pour laisser filer une partie de moi-même par la fenêtre entrouverte.

Mais elle a besoin de moi, dans ma version la plus apaisée possible. Pourtant, en lisant le message qu'elle a reçu, elle me rend aigre. Je n'y peux rien. Elle tapote avec furie sur le clavier, rallume une cigarette, attend de nouveau. Je veux lui souffler qu'il est temps de quitter cette pièce, d'allumer la lumière, de sortir des casseroles, d'ouvrir le robinet, d'éplucher une pomme de terre, ou de laver du riz. Le métal qui cogne contre le grès de l'évier, l'eau qui goutte sur ses mains, l'économe qui bruisse contre la peau de la patate et en caresse la chair humide sont autant de distance qu'elle crée entre elle et le téléphone, entre elle et l'être qui répond de travers, entre mes particules fines.

La femme étire ses bras au-dessus de sa tête. M'a-t-elle perçu ? Elle se lève. Je suis tendu. Elle sort de la cuisine. Elle a abandonné le téléphone sur la table après une ultime manipulation. Elle éteint la lumière du couloir, se dirige vers la salle de bains. Dans la pénombre, elle s'avance vers la baignoire, soulève le levier du mitigeur. Un jet d'eau chaude jaillit, mousseux, abondant, il masse chacune de mes cellules. La tiédeur qui émane de la baignoire m'assouplit. Elle a allumé une bougie sans que je m'en rende compte. Je me glisse dans cet espace qu'elle vient de créer entre elle et l'autre. Je l'occupe, je le squatte, je m'y multiplie, redonnant à sa cage thoracique l'ampleur qui lui permet de se tenir droite. Enfin, elle m'écoute, ou plutôt elle s'écoute.

Au cinquième étage, je suis neutre. Dans la lumière blanche d'une liseuse, je suis à la limite du translucide. Allongé sur un lit de deux mètres sur deux, un homme d'une soixantaine d'années habillé d'un pyjama de coton crème est concentré sur l'écran mat. Il dévore un roman sans en tourner les pages. La caresse des grains de papier frottés les uns contre les autres n'existe plus. La dramaturgie du récit ne se ressent que dans la tension oculaire du lecteur. Tel un pianiste qui ponctue son morceau d'accidents délicats, il touche la liseuse avec douceur, dans un son aussi mat que l'écran. À ses côtés, une femme est allongée. Elle porte également un pyjama crème. Il est taillé dans un tissu plus souple que le coton porté par le mari. Cela donne une impression de flottement. Lunettes en résine transparente, cheveux courts poivre et sel. Elle tapote sur son téléphone avec son index frénétique. Elle est peut-être en train d'anéantir des monstres verts ou de tirer des boulets de canon sur une cible non identifiée. Plus tard, son geste est plus doux. L'index glisse sur l'écran comme une patineuse sur la glace. Son ongle crisse parfois sur le verre, faisant lever le sourcil droit de son mari. Je ne sais pas quoi faire. J'ai l'impression d'être inutile. La distance entre ces deux personnes a été apprivoisée depuis longtemps. Ils ont trouvé où se tenir l'un vis-à-vis de l'autre pour que ça ne grésille pas. Peut-être se sont-ils permis des choses inavouables : des amants, des pratiques sexuelles étranges, des voyages sans but, des trahisons espiègles… ? Sans se le dire, conscients du danger qu'il y a à révéler tous les secrets ; en acceptant tout de l'autre, conscients que les bruits de la vie ne sont rien, comparés au silence de cette harmonie partagée.

Mais voilà qu'un mouvement imperceptible me tend. L'homme vient d'éteindre sa liseuse, il s'apprête à se glisser sous les draps. Il tourne la tête vers sa femme. Il la fixe du regard un peu plus longtemps que nécessaire, ne dit rien. Elle ne le voit pas. Déçu, il pose la tête sur son oreiller et ferme les yeux à demi. Je m'acidifie légèrement. Il épie le doigt qui caresse le téléphone. L'appareil se love dans le creux de la main, comme un oisillon secouru par une bonne âme. Sur le front de la femme, une moiteur. Je me charge de cette électricité propre à la jalousie. Elle se mâtine du voile poussiéreux de l'indifférence. Il pèse de plus en plus lourd. La poussière révèle la lumière des éclairs lancés par le mari ignoré. Je ne supporte pas la dichotomie. Je me fracture. L'ongle manucuré crisse à nouveau sur l'écran. L'homme soupire. Elle fait passer son téléphone dans sa main droite, continue de tapoter compulsivement sur l'écran avec son pouce. Et, sans tourner la tête, pose une main sur l'épaule de son homme. Je me reconstitue. La poussière est comme aspirée vers le néant. Les éclairs fondent dans un ciel uniforme. Je retrouve peu à peu ma neutralité.

Je suis un silence. Je suis ubique et protéiforme. En moi résident l'espace et le temps qui se contractent et se détendent entre les êtres. Lorsque la bonne distance est trouvée, je suis imperceptible. Certains disent « de qualité ». Je suis ce temps de réflexion avant les grandes décisions. Je suis ce que la culture du bruit ne veut pas entendre.

— Ce silence, c'est elle, c'est Myriam, asséna Louis. Elle me dit qu'elle est là sans être là. Elle me transmet son amour par son absence. C'est tout ce que je veux savoir. Elle m'aime. Si je l'aime, je dois respecter sa liberté. Sa disparition, son histoire, ça la regarde. Je ne ferai rien pour elle, je vais me concentrer sur nous ! Nous avons du travail ! Qui veut commencer ?

Cette bonne humeur affichée me sembla suspecte. Cette façon de passer à la suite sans aucune transition cachait quelque chose, mais quoi ? Je n'osais pas poser la question tout haut. Mais ce soir-là mon sommeil fut agité.

u

Masse compacte dressée sur le blanc du carrelage, les bouffeurs anonymes sont face à moi. Ils annulent le reste du décor. Je ne vois qu'eux. Un frisson me parcourt l'échine. J'aurais dû prendre cette veste. Ils forment un rang serré, comme un chœur de tragédie grecque. Louis s'en détache, tel un coryphée prêt à clamer son monologue. Mais le mutisme règne. Un air de dégoût patine leur visage. Cette expression unique et égale les rend indissociables les uns des autres. Même le regard auparavant si singulier de Cece est dissolu dans celui de ses congénères. Je la cherche mais ne la distingue pas. Louis s'avance encore d'un pas. Il brandit son téléphone vers moi. Je m'approche, il tend son bras. Je ne sais pas si c'est pour que je reste à distance ou pour que je voie mieux les taches colorées qui animent son écran. Dans le doute, je progresse de quelques centimètres vers lui, étire le cou et comprends enfin ce qu'il me montre. Trois carnets orangés de la taille d'une main sont manipulés par des doigts aux ongles de nacre. Celui de l'index droit est fendillé.

Une ombre trouble certainement mes yeux, que je voudrais inexpressifs, là, tout de suite. J'inspire le plus discrètement possible. Mes nosepods sont encore en place. Je les enlève, comme s'il n'y avait rien de plus naturel que de faire ça maintenant. Une violente odeur de vinaigre blanc chaud me saute aux narines. Je grimace, malgré moi. Après avoir rangé mes pods dans leur boîte, je lève le regard vers Louis. Respectant son silence, je lui présente un visage interrogateur et m'empêche d'articuler ce que je voudrais qu'il devine : « Je ne comprends pas ce que tu me montres. » Pour toute réponse, il me fourre le téléphone sous le nez. Je hausse les épaules, l'air perplexe. Jouer l'ingénu jusqu'au bout. Louis émet un râle profond. Derrière lui, les bouffeurs anonymes lui font écho avec des tonalités qui s'étendent entre soixante et cinq mille hertz. C'est rauque et aigu à la fois. La vibration est inquiétante.

— Dois-je te montrer ce que tu as écrit ici pour que tu reconnaisses ton manque de loyauté ?! hurle Louis.

Je sursaute.

C'était si soudain que je n'ai pu m'empêcher de lâcher une goutte d'urine dans mon pantalon couleur sable. Je baisse la tête pour voir si elle a traversé la toile.

— Regarde-moi dans les yeux quand je te parle ! Regarde-moi en face, sale traître !

Je relève la tête sans avoir eu le temps de distinguer quoi que ce soit. J'espère que Cece ne la verra pas.

— Voilà, comme ça, c'est mieux…

Depuis son téléphone, Louis vidéoprojette sur le sol la photo d'une feuille blanc crème couverte d'une écriture serrée à l'allure distinguée. L'encre couleur coquard renforce le caractère volontaire des mots qui se détachent sur le carrelage blanc de Facefood.

— Lis !

Je hoche la tête en signe de négation.

— Lis !

Il est tout proche de moi, maintenant. Je sens son haleine aigre. Je vois sa salive projetée dans les airs par ses lèvres contractées de colère. J'entends son souffle haletant, comme celui d'une bête excitée par l'odeur de sa proie. Je pense à Nbdspø, à notre méditation nocturne. Cela me replonge dans cet état de bien-être immédiat. Ma propre respiration est légère, discrète comme le battement d'ailes d'un papillon. Au fond, pourquoi ne pas assumer ? La curiosité de Cece est légitime. Je ne lui en veux pas d'avoir découvert ces carnets, de m'avoir espionné. Ça n'est qu'un juste retour des choses, j'ai fait pareil avec eux. Elle a été plus maligne que moi. Cette photo des carnets orangés n'est rien de plus qu'un accélérateur dans le plan que j'avais imaginé. Quoi qu'il arrive, les B.A. auraient lu mon article dans dix jours. Je vais tout leur expliquer.

— Louis, calme-toi, je vais tout vous expliquer.

— Ferme ta gueule. Lis !

— D'accord, d'accord. Je vais lire. Si ça peut te permettre d'y voir plus clair. Je vais lire puis vous expliquer...

Louis me saisit par la nuque, me force à regarder par terre, maintient la pression de sa large paume sur mon cou. Je ne peux m'empêcher de sentir une érection pointer dans mon caleçon. Je suis confus. Ma pomme d'Adam appuie sur ma glotte. J'ai du mal à déglutir. Je me racle la gorge, inspire profondément.

« Sont-ils bêtes ou sensés ? Sont-ils des bêtes ? Ha ha. Parfois, quand je les écoute, je doute… »

J'ose un regard vers la meute qui me toise, personnification fidèle de la phrase que je viens de lire tout haut. La haine suinte de leurs pupilles contractées. Comment ai-je pu me désolidariser d'eux à ce point ? doivent-ils se demander. Enfin, non, ils ne se posent plus la question. Ils sont au-delà. La métamorphose a eu lieu, leur cerveau reptilien a pris le dessus. Louis appuie plus fort sur ma nuque tout en cliquant sur son téléphone. Mon sexe oscille entre rigidité cadavérique et pâmoison face à la soumission. Ma voix s'éraille.

« Louis se prend pour un gourou. Analogie secte/B.A. Définition secte, Le Robert *: "Groupe organisé de personnes qui ont une même doctrine au sein d'une religion." Bouffe = religion ? Oui. À dvper dans l'histoire de la gastronomie française, évolution de l'image du chef : des sous-sols des palaces à la starification avant la déchéance. Puis l'oubli, dû à la politique Nbdspø. »*

D'un coup de pied dans la cheville, Louis me balaye. Je tombe de tout mon long sur le carrelage. Ma tempe droite cogne le sol. Le texte à l'encre bleue doit dessiner de drôles de rides sur mon visage. Je proteste. Un mince filet de voix s'échappe de ma gorge.

— Tais-toi ! Tu as assez parlé pour aujourd'hui !

— Mais… je dois t'expliquer. C'est toute une stratégie.

Un coup de pied dans les côtes me fait taire. Le visage de Cece se penche vers moi.

— Une stratégie ? Tu m'as dit que tu n'en avais pas.

23

La sueur froide, le cauchemar, les deux ? Qui m'avait arraché au sommeil ? J'étais trempé. Des images s'imposaient à moi par flashs. C'était un combat entre deux hommes nus.

Des naseaux palpitent comme pour mieux s'imprégner de l'odeur de l'adversaire. Il y a urgence à exploser. Une éruption volcanique est proche, très proche. Un râle venu des entrailles, suivi d'un bond digne d'un guépard qui fond sur sa proie.

Le prédateur est debout, torse bombé, face à un être incrédule. On dirait un hybride entre Louis et Nbdspø. Suis-je l'autre ? Ou est-ce l'inverse ? L'Alpha pousse le plus faible de ses paumes épaisses. Mais l'esquive est souple, comme inspirée par l'aïkido. Une seconde attaque. À nouveau, les deux paumes s'impriment contre la poitrine de son adversaire. Je sens ces deux mains sur mon torse. Je suis ces deux mains sur son torse. Les pupilles sont dilatées, les mâchoires, à cran. Les regards s'aimantent. Alpha prend Bêta à bras-le-corps, nichant sa tête dans le cou de l'autre pour mieux le maîtriser. Bêta se dégage d'un mouvement de nuque arrière et revient plaquer son corps contre le sien, dans une étreinte inviolable. Leurs membres supérieurs s'imbriquent, inextricables, alors que leurs deux visages se défient à quelques millimètres de distance. Le temps paraît suspendu. Ils se regardent, mêlent leurs souffles, empreint de poivre pour l'un, chargé de fer pour l'autre. L'un semble dire « prends-moi », l'autre affirme déjà sa victoire.

Alpha donne un coup de tête puissant à l'autre, qui ne flanche pas. Un peu de sang coule de son nez. Des gouttes rouge vif s'incorporent à l'écume qui borde maintenant les lèvres d'Alpha. Je les sens perler sur ma langue épaisse et pâteuse. Est-ce parce qu'elles gouttent dans ma bouche ou parce que je suis l'Alpha ? Un rugissement. Je vois des crocs saillants, lubrifiés de salive. Je veux m'y soumettre, à moins que je ne soumette l'autre. Je ne sais plus. Il paraît que dans un rêve tous les protagonistes sont le rêveur. Provocateur, Bêta approche sa gorge de la gueule du dominant, qui la referme aussitôt sur la jugulaire offerte. Un coup ne suffit pas. Il faut s'y reprendre à trois fois pour que le sang perle. Une quatrième attaque, et un ruisselet se dessine sur la peau diaphane de Bêta, qui s'écroule dans un sourd gémissement.

Je fus réveillé par cette plainte que je poussais dans mon sommeil. Alors j'étais Bêta ? J'étais les deux. J'étais cet Alpha qui s'ignore ou l'inverse : un Bêta qui ne veut pas reconnaître sa bêtise de vouloir être un Alpha ?

Sous la douche, l'effet du songe se dissipa, et je décidai de partir pour une longue marche avant de revenir pour finir mon article. La chose la plus difficile est bien de se mettre devant son clavier et de se lancer dans l'écriture. Il me fallait une sieste, du jardinage, une promenade, un coup de rangement, une vaisselle, un peu d'aspirateur, que sais-je encore pour me remettre sur les rails de l'écriture. Agir, poser des questions, amasser de la matière, enquêter, vendre des sujets, OK. Écrire, cela ne venait qu'après un rituel complexe dont je n'avais jamais défini les contours. Il dépendait des jours. Mais plus je procrastinais, plus vite j'écrivais. Après deux ou trois heures d'évitement, je pouvais compter sur six ou sept feuillets qui jaillissaient sans effort. C'était de l'ordre de la magie : compression-décompression ? Je n'avais jamais voulu me l'expliquer. Je laissais faire.

Ce jour là, donc, ce fut une promenade. Je cherchais un itinéraire efficace, du boulevard et des avenues, de la perspective. La coulée verte était parfaite pour ça. Elle surplombait la ville, lui imposait son exubérance végétale avec la discrétion d'une nonne à grosse poitrine.

J'adorais la parcourir d'un pas hâtif, comme insensible à ses charmes. Pour ne pas ressentir les anfractuosités du parcours, je chaussai des Paraboot à la semelle épaisse, loin des chaussons paléo que je mettais lors de mes excursions forestières avec Cece. Je choisis une playlist de bruits blancs et démarrai la marche, d'un pas rapide. Les pensées allaient et venaient. L'Alpha, la nonne, un singe, Cece, des haricots verts, un visage purulent, le Bêta, l'hybride Louis-Nbdspø, un boucher étaient balayés par le son des nuages qui filent dans un ciel éclairci par le vent. Je ne m'accrochais à rien mais restais concentré. Arrivé à Bastille, je choisis la rue Saint-Antoine. Large, abandonnée aux chats errants nourris par la mairie, elle devenait Rivoli et filait droit jusqu'à la Concorde, protégée par des arches végétales (glycine et chèvrefeuille entremêlés) qui dessinaient une perspective imperturbable. C'était une autre forme de domination, liée non pas à la verticalité mais à une horizontalité assumée. Je pouvais aller loin comme ça.

Le rythme était celui de mon cœur, calme. La question de Louis, Myriam et Nbdspø ne me tracassait plus. Après la parution de l'article, je serais démasqué mais j'agirais. Je pouvais maîtriser le président. Je le ferais chanter : je lui demanderais l'assouplissement des restrictions alimentaires contre le silence des B.A. sur les viols gérontophiles. Je remplaçai le son des nuages par celui d'une bruine. Les basses du premier m'oppressaient, les aigus du second libérèrent ma respiration.

Étais-je à l'aise avec ça ? Faire une incursion dans les affaires du président. Je laissai filer cette pensée. Comme les autres, elle céda sa place. Apparut ma mère, seule dans une coloc du troisième âge. Elle dessinait des mandalas, les coloriait, les brûlait et recommençait. Elle était donc là ? Dans un rayon de soleil, habillée d'une tunique couleur crème, les cheveux gris tombant sur les épaules. Elle me souriait comme on sourit à un inconnu que l'on trouve beau. Mon fantasme s'approchait-il d'une réalité ? Cette vision était peut-être un message télépathique qu'elle m'envoyait dans un dernier souffle.

Un chat roux éclipsa cette pensée macabre. Ça n'était pas Katsuko, mais je retrouvais en lui quelque chose de familier. Son corps menu contrastait avec sa démarche assurée. Il dégageait une force inébranlable du haut de sa vingtaine de centimètres. Il me dépassa, comme pour me montrer le chemin, et bifurqua au niveau du Louvre. Il disparut sous les arcades de pierres calcaires alors que je décidais de continuer vers la Concorde.

Son départ marqua une rupture sonore. Les bruits blancs cessèrent. J'entendis la ville : clochettes, grelots, feuilles qui bruissent, éclats de rire. J'interrompis l'harmonie urbaine par une liturgie métallique dédiée aux néoforgerons. Des anthropologues l'avaient composée grâce à des archives récoltées par des chercheurs spécialisés dans l'art de la ferronnerie depuis l'invention de l'enregistrement sonore, c'est-à-dire depuis Thomas Edison, en 1877. Je l'avais découverte lors d'un reportage sur des forgerons spécialisés dans les arts de la table. Depuis, je l'écoutais dès que je voulais me forger une opinion.

Cela m'aidait à formuler une pensée sans utiliser de mots. Après une écoute, les idées affleuraient d'elles-mêmes à la surface de mes raisonnements brumeux. J'atteignis enfin la Concorde. L'obélisque se dressait devant moi, décidé et majestueux, la pointe à la feuille d'or illuminée par un soleil jusqu'à présent timide. Je restai longtemps face à lui avant de bifurquer vers les contre-allées de l'avenue des Champs-Élysées.

Les jardins étaient tropicaux. Papayers et manguiers, pamplemoussiers et goyaviers étaient soignés par les jardiniers du président car il aimait s'y promener la nuit, lorsque la ville était vidée de ses bruits. Des hibiscus rouges explosaient à cette période de l'année alors que des senteurs vanillées s'échappaient de lianes aux feuilles grasses et lourdes. Je m'allongeai dans l'herbe, à l'ombre d'un flamboyant gigantesque. Cultivé dans de bonnes conditions, il pouvait prendre jusqu'à un mètre vingt par an, expliquait une pancarte. En dix ans, il avait donc atteint sa taille maximale. Ses feuilles, grandes et plumeuses, étaient constituées de paires de foliolules d'un ovale mignon. Elles filtraient les rayons du soleil, leur donnant une douceur que je n'avais pas ressentie lors de ma promenade. J'éteignis la musique. Au travers des pods que j'avais laissés dans mes oreilles me parvenait le tintement lointain des véhicules affairés. Ils me berçaient. Cela faisait longtemps que je n'avais pas voyagé, mais ce jardin tropical m'emmenait là où je voulais être : aux antipodes.

Je m'affranchis de tout ce qui avait structuré les derniers mois de ma vie, en expirant avec conviction. Je vis sous les frondaisons de minuscules particules rouges s'agiter en tous sens. Elles grouillaient, fourmillaient sur les sous-faces vert pâle des feuilles, donnant ainsi l'impression que l'arbre entier était pris de micro-secousses. La vibration visuelle était hypnotique. Je ne voulais plus bouger, et pourtant une part de moi grimpait déjà le long du tronc pour observer de plus près cet étrange phénomène. Il était lisse, trop lisse pour m'offrir une quelconque prise. À une époque, je m'étais intéressé aux grimpeurs de cocotiers. Dans les vidéos, leurs pieds épousaient le tronc et propulsaient leur corps vers le haut, les bras ne servant qu'à assurer la fin de la traction. Mon corps n'était pas assez gainé pour un tel exercice. Je tournai alors la tête et avisai un figuier voisin. Grimper entre ses branches me permettrait d'atteindre une hauteur suffisante pour satisfaire ma curiosité. J'étais seul dans le jardin, personne ne verrait ce qui pourrait s'apparenter à un comportement étrange.

À un mètre cinquante du sol, le tronc du figuier se divisait en deux. Il me suffit de lever la jambe un peu haut pour me percher au creux de la fourche et me hisser sur les branches les plus à droite. Elles étaient solides. La troisième se trouvait déjà à quatre mètres au-dessus du sol. Elle était large, légèrement incurvée, tel un transat naturel. En m'y allongeant, j'avais une vue parfaite sur la manifestation incandescente que j'imaginais depuis l'herbe. Des milliers d'araignées rouges pullulaient sur les feuilles. Microscopiques, elles affluaient, confluaient, sans logique apparente, se grimpaient les unes sur les autres pour aller on ne sait où puisqu'elles ne dessinaient aucune trajectoire. Elles formaient plutôt un amas mouvant sur la partie la plus fragile du flamboyant. Peut-être était-ce une gangue protectrice que le végétal appelait en sécrétant une substance qui attirait ces parasites ? Ce genre de collaboration se voyait souvent dans les forêts. Un mouvement dans le coin gauche de mon champ visuel interrompit mes hypothèses scientifiques.

Une masse sombre et furtive. Je tournai la tête. Derrière un long et haut mur de pierres, les jardins du palais de l'Élysée s'étendaient, touffus par endroits.

Absorbé par les araignées rouges, je n'avais pas remarqué que j'étais si proche de cet éden dont j'étais nostalgique depuis que je l'avais quitté. Je repérai l'allée de cognassiers, le chemin de framboisiers qui menait à mon cabanon de bois d'orme… C'était dans la forêt comestible que quelque chose avait bougé. Un sanglier ? Un orang-outan ? Quelque chose de corpulent et de maladroit. Je me relevai pour mieux y voir, pris mon téléphone et le mis en mode longue vue. Je farfouillai au milieu des mimosas, des genêts, des pruniers et des abricotiers, des kiwis et des vignes. Rien. Autour des cerisiers, rien non plus. Plus bas, il y avait des bosquets d'une plante que je ne connaissais pas. Et là ! Ce fut là, au milieu des tapis de myrtilles, que je la vis ! À quatre pattes, la tête fourrée dans les petits buissons, elle était nue et se gavait de baies. Sa main allait des fruits vers sa bouche, si vite que parfois elle enfournait quelques feuilles et aspergeait la terre d'une bouillie verte qu'elle recrachait en spray. Sa chevelure longue et blonde collait à ses épaules. Je fis le point. Sa peau était recouverte de petites cloques jaunâtres. Je poussai un léger cri d'effroi. Un drone bourdonna au-dessus de moi. Mon téléphone me glissa des mains. Il s'écrasa au sol alors que je me plaquais contre le tronc du figuier. Nous n'étions qu'un. Mes paumes moites s'agrippaient à son écorce, qui absorbait ma sueur. Je fermai les yeux. C'était elle. Je ne l'avais pas cherchée mais je l'avais trouvée. Louis l'avait pistée comme un loup, et moi, simple contemplatif, je l'avais cueillie. Voilà où M. s'était réfugiée. Nbdspø était un grand miséricordieux. Il lui avait pardonné et lui avait montré où était sa juste place dans le monde qu'il avait créé grâce à elle.

Le drone s'éloigna. J'attendis encore un peu. Je n'avais plus besoin de le confondre ni de le faire chanter. La situation s'était résolue d'elle-même. Je glissai le long des branches, récupérai mon téléphone et rentrai chez moi en taxi pour finir d'écrire mon article.

y

Ils sont sur moi.

Certains me tiennent les bras et les jambes pendant que d'autres déboutonnent mon pantalon, tirent sur mes sandales, découpent mon T-shirt. Quelqu'un me porte la tête. Un autre me bâillonne. Un tissu dans la bouche, plusieurs couches d'un large scotch en fibre de bambou sur les lèvres. Ils me volent l'occasion de m'expliquer alors que j'ai enfin compris qui j'étais. Ainsi soit-il, je ne veux plus vouloir.

Une dernière vision m'éclaire : je suis un homme nu recroquevillé sur lui-même. Sur ma peau frétillent des milliers de bandelettes multicolores. Ce sont des post-it de couleurs fluorescentes. Irisation fractale animée par des mots écrits avec des crayons à mine zéro virgule trois, zéro virgule cinq, jusqu'à deux millimètres. Ils sont illisibles. Pourtant, je sens leur poids sur ma peau. Ces étiquettes sont lourdes. Elles se décollent une à une. La poisse qui bouchait les pores de ma peau s'estompe au contact d'un souffle chaud. Je me sens renaître. Les papiers multicolores s'envolent loin de moi, portés par un vent dont le nom, inconnu jusqu'alors, rime avec Cece. Elle m'a révélé à moi-même. Les B.A. aussi, à leur manière. Je voudrais les remercier mais ils m'ont bâillonné.

Ils pensent que j'incarne l'ordre établi. En me privant de parole, ce sont eux qui établissent un nouvel ordre. À moins qu'il ne soit ancestral. La meute contre la proie acculée, seule, sans défense. Où est Cece ? Avec elle, nul besoin de parler. En sondant le fond de mon regard, elle verra que tout n'est pas aussi simple qu'ils l'ont imaginé. C'est réversible.

La voilà ! Elle se penche au-dessus de moi. Elle s'accroupit à mes côtés. Je lui dis tout, en clignant des paupières mille fois. Je suis nu. J'ai froid. Je suis à elle. Elle prend ma tête dans ses mains chaudes et la pose sur ses genoux. Le contact de ma joue sur sa jupe crayon me rassure. Son odeur aussi. Mes pods ont dû tomber. Ou me les ont-ils enlevés pour que je puisse respirer plus facilement une fois bâillonné ? À moins que je ne les aie ôtés moi-même ? Je ne sais plus. Je sens le parfum poiré de Cece. Poire fraîche, pas poire compotée, quelque chose qui rappelle le grain de sa peau. Elle me caresse les cheveux. J'ai oublié le message que je voulais lui transmettre. Mon cuir chevelu s'assouplit sous la pulpe de ses doigts fins. Elle gratouille partout où elle sent des tensions, ça m'apaise. De sa voix rocailleuse, elle me berce. Une chanson que je ne connais pas, en espagnol. Duerme, duerme, negriiito, que tu mama está en el campo, negrito, negrito. *Les « r » quand ils sont roulés rebondissent sur l'ourlet de ses lèvres. J'ai envie d'être en elle, de me réfugier dans ses entrailles, d'être ce « r » roulé. Comme je l'ai tant fantasmé, je veux être la mère-grand et elle serait le méchant loup. Je serais bien au chaud dans son ventre, le temps que tous les autres comprennent que rien n'est mis en péril. J'ai joué avec le feu. J'ai perdu. Je suis leur chose.*

— Ne t'inquiète pas, Toma, ça ne fera pas mal, susurre-t-elle.

Mon corps se prend dans une nasse chaude et molle. J'ai tourné de l'œil.

Une gifle me tire du sommeil. La lumière est crue. J'ai froid. Elle n'est plus là. Ses genoux ont disparu. Je me relève pour la distinguer parmi les autres. Une douleur extrême tenaille mon crâne. Mes mains sont liées dans mon dos. Seules mes jambes sont libres. Je réussis à me lever. Ils s'écartent. Je les domine de mon mètre quatre-vingt-treize. Une flaque de sang au sol. Je vais pouvoir leur expliquer. De la pointe de l'orteil, je trace les premières lettres d'un mot qui m'échappe alors que Louis me balaye à nouveau. Je tombe encore sur le carrelage. La tête tape la première.

Au réveil, le froid de la céramique me rassure tant il m'est devenu familier. Si je le sens encore, c'est que je vis. La souffrance règne dans chaque partie de mon corps. Elle m'annihile. Je lui suis soumis. Je ne veux pas résister. Ployer. Être. Ne rien faire. Je ferme les yeux et j'entends un souffle régulier, ni trop lourd ni trop léger. Est-il réel ? Il me transporte au cœur d'une nuit noire dans laquelle flottent les effluves d'une eau de fleur d'oranger tiédie. Je suis peut-être le Bêta, la gazelle, la proie ? Sûrement. Je me complais dans cet état d'abandon. L'air entre et sort par les narines libérées. Froid, chaud, froid, chaud. C'est lent. C'est doux. Je perçois beaucoup de bruits autour de moi. Mais je ne veux plus voir personne. Je les sens, c'est suffisant.

Ils s'agitent, me frappent, chacun son tour, aux mêmes endroits, comme un boucher attendrit la viande. Moi, j'écoute le rythme de leurs coups, la respiration du président. Elle s'est inscrite dans chacune de mes cellules, le soir où il m'a pris comme disciple. Elle est devenue mienne. Elle me porte au-delà de la réalité matérielle, me transporte dans la profondeur de mes tissus, là où la douleur est une information parmi tant d'autres. J'en fais mon alliée. Elle supplante la souffrance qui me rendait passif jusque-là. La douleur devient un moteur. Je me relève. « Mais non », semble dire Louis d'un air désolé.

Je suis à nouveau au sol et je suis déterminé à y rester. J'accepte. J'accepte ma condition. Tant pis pour le « h » et tant pis pour le « s ». Les post-it se sont tous envolés. Peut-être était-ce trop pour un homme comme moi. Je garde les yeux ouverts. Ils ont arrêté de me battre.

Dehors, il semble pleuvoir. J'entends des gouttes lourdes s'écraser sur la terre. De grandes rafales de vent. Elles soulèvent peut-être les premières feuilles tombées. On est si proche de l'automne officiel. Plus qu'une journée. Les hirondelles s'en vont déjà. Multitude éparpillée. Je les imagine disparaître dans l'azur. Je suis un moineau. Je ne migre pas. Je reste ici. Je suis enraciné. Je suis peut-être végétal ? Ni Alpha, ni Bêta, ni lion, ni gazelle, je suis ce haricot à la consistance contradictoire. Je suis fermement docile. Je résiste, je ploie, puis je craque. Je me laisse absorber.

Cece s'approche de moi. Enfin. Son regard est plein d'amour. Je l'encourage à rester. Elle se glisse dans mon dos, caresse mon échine, ma croupe, le fuseau de mes cuisses. Mes paupières lourdes frôlent mes globes oculaires. Une sensation aiguë les relève. Un réflexe. Ma fesse brûle. Je tourne la tête.

Cece est accroupie derrière moi, elle mastique quelque chose. Du sang épais goutte de sa bouche sur sa jupe couleur crème. Je viens de comprendre. Volupté. Je suis prêt. Nous sommes un tout.

Le service va commencer. Leurs dents brillent d'une salive sucrée par l'excitation. Je referme les yeux. Le musc se mêle à la poire, puis au poivre, ou au jasmin flétri et au Sanex rance. Leurs sueurs ne sont plus qu'une. Il n'y aura pas de temps de cuisson à respecter, ni de règle d'hygiène. Les bouffeurs anonymes ne vont pas s'encombrer de civilités. Ni sauce ni serviette. Que pourrais-je espérer de mieux ? Je vais être dégusté cru.

Merci à Otto, qui m'a donné l'idée de ce livre peu après sa naissance, à Hugo Enlart, le meilleur éditeur du week-end, à Rebecca Benedittini, la constance, et à Gala Collette, mon œil !

Merci aux Jordanois, aux femmes du château de la Haute-Borde, au collectif des lecteurs à distance : Alice Poujol, Sven Hansen-Love, Alix Rampozzo, Clara Dupont, Margot-Zoé Renaux, Yannis Tsikalakis, Igor Hansen-Love. Et à Paralleloa pour ses lumières.

Et puis encore à Marinette Levy, Paul-Henry Bizon, Julien Guintard, Étienne Menu, Laurent Laperrousaz, Hadrien Enlart, Nadia Sammut, *Julie Sabatier*, *Philippe Zdar*, Ariane Geffard, Laura Biberson, Frédérique Gest, Sophie Winckler, Alexane Lepoan, enfin à Marie Eugène et son critérium.

DANS LA MÊME COLLECTION

Louise Browaeys, *La Dislocation*

Louise Browaeys, *Fais battre ton tambour*

Gringe, *Ensemble, on aboie en silence*

Émilie Guillaumin, *L'Embuscade*

Carine Hazan, *jean-jacques*

Aurélie Jeannin, *Préférer l'hiver*

Aurélie Jeannin, *Les Bordes*

Anne de Kinkelin, *12 bis, avenue du Maréchal-Joffre*

Anne de Kinkelin, *La Sourde Oreille*

Nicolas Laquerrière, *Nueve Cuatro*

Nicolas Maleski, *La Science de l'esquive*

Nicolas Maleski, *La Force décuplée des perdants*

Sophie Pointurier, *La Femme périphérique*

Sophie Reungeot, *Le Bruit des avions*

Composé et édité par HarperCollins France.

Achevé d'imprimer en mars 2022.

CPI
FIRMIN-DIDOT

à Mesnil-sur-l'Estrée (Eure).

Dépôt légal : avril 2022.

Pour limiter l'empreinte environnementale de ses livres, HarperCollins France s'engage à n'utiliser que du papier fabriqué à partir de bois provenant de forêts gérées durablement et de manière responsable.

Imprimé en France